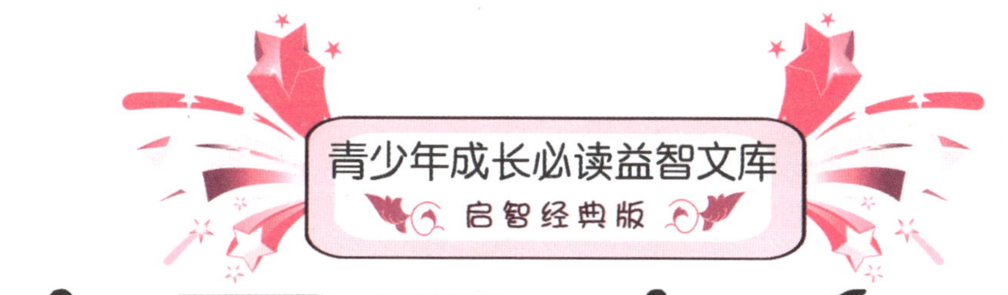

中国四大名著

赵雪峰◎主编

中国纺织出版社

内 容 提 要

本书精选了中国四大名著《三国演义》、《红楼梦》、《水浒传》、《西游记》中的经典片段，旨在让读者能一次畅读中国四大名著，体会到孙悟空的勇敢与智慧，曹操的领导力与风范，诸葛亮的忠诚与多谋，宝玉与黛玉对封建思想的反抗，宋江等英雄的仗义与豪情……这些片断截取了名著的精华，可读性和趣味性较好，使青少年读者在潜移默化中得到传统文学艺术的熏陶和心灵上的启迪，进而使他们进行更多的人生思考。

图书在版编目（CIP）数据

中国四大名著／赵雪峰主编. —北京：中国纺织出版社，2012. 8（2023.4重印）
（青少年成长必读益智文库）
ISBN 978-7-5064-8477-0

Ⅰ. ①中… Ⅱ. ①赵… Ⅲ. ①章回小说—文学欣赏—中国—明清时代—青年读物②章回小说—文学欣赏—中国—明清时代—少年读物 Ⅳ. ①I207. 41-49

中国版本图书馆CIP数据核字（2012）第064090号

策划编辑：江 飞 责任编辑：高振亚 王雷鸣 责任印制：储志伟

中国纺织出版社出版发行
地址：北京东直门南大街6号 邮政编码：100027
邮购电话：010—64168110 传真：010—64168231
http：//www.c-textilep.com
E-mail：faxing@c-textilep.com
永清县晔盛亚胶印有限公司印刷 各地新华书店经销
2012年8月第1版 2023年4月第2次印刷
开本：710×1000 1/16 印张：12
字数：136千字 定价：39.80元

前言

成长需要智慧，有智慧才能战胜人生中的挫折和坎坷，有智慧才能使人生更加精彩。智慧需要知识，成长中的每一个人都需要不断地学习知识，用知识和智慧去战胜挫折和磨难，去迎接坎坷和挑战，去掌握人生和命运。

本套“青少年成长必读益智文库”丛书包括《中国四大名著》、《中外寓言故事》、《中外童话故事》、《中外神话故事》、《名人与成语典故》、《名人与趣味诗词故事》、《名人与汉字故事》、《侦探历险故事》、《中国历史故事》和《世界历史故事》，书中所选故事，不仅包含了孩子们必读的我国的一些文学名著、字词故事、诗词故事、成语典故、神话故事、童话故事、寓言故事，还收集了外国一些经典的神话、寓言以及侦探历险故事。内容全面丰富，视野相当宽广，寓意格外深远，阅读脍炙人口，设计生动有趣，能更好地吸引青少年读者的兴趣。

本册书精选了“中国四大名著”中经典且充满可读性和趣味性的片段，并且通过精彩的情节和精美的插图，诠释出文学名著中隐藏的大智慧。读这些故事，可以开启青少年的心智灵感，可以点拨青少年

的处世之道，可以激荡起青少年生命的涟漪，可以启发青少年更多的人生思考，更可以将智慧的种子撒播在青少年的心中。

一滴水可以折射阳光的光辉，一套好书更可以洋溢美好的心灵。这是一碗相伴青少年一生的心灵鸡汤，这是一泉滋润青少年智慧的甘霖，这是一艘带领青少年在知识的海洋里遨游的帆船，这是一个抚慰青少年心灵的港湾。

愿每个成长路上的青少年读者朋友，都能够在阅读这些智慧故事的同时，感悟故事本身特有的内涵，汲取故事给我们的智慧和力量，从而更加坚定、勇敢、乐观、积极地去迎接人生风雨。

编者

2012年5月

目录

西游记

美猴王出世 / 2
大闹天宫 / 4
唐僧立志取经 / 6
孙悟空拜师 / 8
黑风山怪窃袈裟 / 11
收降八戒和沙僧 / 13
万寿山庄窃人参果 / 15
三打白骨精 / 17
宝象国大战黄袍怪 / 20

观音收服红孩儿 / 22
女儿国遇险 / 24
三借芭蕉扇 / 26
遇险小雷音寺 / 29
悟空当神医 / 32
盘丝洞大战女妖 / 34
君臣一夜变光头 / 36
天竺国擒玉兔 / 39
师徒四人取得真经 / 41

三国演义

桃园三结义 / 46

曹孟德献刀 / 48

温酒斩华雄 / 50

三英战吕布 / 52

连环美人计 / 54

煮酒论英雄 / 57

千里走单骑 / 59

三顾茅庐 / 63

勇子龙救阿斗 / 65

蒋干中计 / 68

草船借箭 / 70

周瑜打黄盖 / 72

火烧赤壁 / 74

曹操割须弃袍 / 76

关云长单刀赴会 / 79

马超降蜀 / 81

华佗刮骨疗毒 / 84

曹植七步赋诗 / 86

陆逊火烧连营 / 88

刘备托孤 / 90

伐中原上出师表 / 92

空城计退司马懿 / 94
出师未捷身先死 / 96
司马昭之心 / 99
晋王朝统一全国 / 100

红楼梦

黛玉宝玉初相会 / 104
宝玉梦游太虚境 / 106
王熙凤料理宁国府 / 108
刘姥姥进贾府 / 110
元妃省亲 / 113
黛玉葬花 / 115

贾政惩罚不肖子 / 117
宝玉砸玉 / 119
晴雯撕扇 / 123
刘姥姥再游大观园 / 125
凤姐借刀杀人 / 128
王夫人检抄大观园 / 130
丢玉失魂 / 132
宝玉中计娶宝钗 / 135
查抄荣国府 / 137
宝玉出家 / 139

水浒传

无赖高俅 / 144
花和尚鲁智深 / 146
林冲落草 / 148
杨志卖刀 / 150
七英雄智取生辰纲 / 153
宋江上梁山 / 157
小李广花荣 / 159
武松打虎 / 161

李逵斩李鬼 / 164
武松醉打蒋门神 / 167
三打祝家庄 / 169
晁盖中箭殒命 / 173
浪子燕青救主 / 175
卢俊义活捉史文恭 / 177
梁山英雄大聚义 / 180
招安出征英雄散 / 182

西游记 人物谱

唐　僧： 自幼在寺庙中生活、长大，他勤敏好学，悟性极高，吃斋念佛、经过千辛万苦也要取得真经的僧人。

孙悟空： 会七十二变、腾云驾雾，有一双火眼金睛，能看穿妖魔鬼怪的伪装。他善良、正义、刚正不阿，勇于和邪恶势力进行战斗，保护唐僧，历经磨难，取回真经，终成正果。

猪八戒： 一个嘴脸与猪相似的和尚，取经路上孙悟空的好帮手，性格温和，憨厚单纯，忠心耿耿，但好吃懒做，爱占小便宜，贪图女色，经常被妖怪的美色迷惑，难分敌我。

沙　僧： 天庭中的卷帘大将下凡，自放弃妖怪的身份起，他就一心跟着唐僧，正直无私，取经路上任劳任怨，谨守佛门戒律，终成正果。

美猴王出世

传说在很久以前，在东胜神州傲来国里有一座花果山，山上有一块仙石。一天，那仙石突然崩裂，从里面蹦出一个石猴直冲天上。落地后，看那石猴，眼射金光，能走能跑，会说话，很快就和山中的其他猴子们玩到了一起。

一天，猴子们为了躲避炎热，跑到山涧里洗澡。它们沿着一条“哗哗”流淌的小河向前走，在尽头处，看见一股从天而降的瀑布。猴子们很是惊奇，有几个老猴子一起商量说：“哪个能钻进瀑布里，找到泉水的源头，又不会伤到身体，我们就拜他为王。”连喊了三遍，没人敢去。那石猴跳了出来高声道：“我来，我来！”

> **词语积累**
>
> **从天而降**（cóng tiān ér jiàng）
>
> 从天上降下来的。也比喻出人意料，突然出现。出自《汉书·周亚夫传》：“直入武库，击鸣鼓。诸侯闻之，以为将军从天而下也。”
>
> 例句：警察从天而降，一下子就包围了逃犯们的住处。
>
> 近义词：突如其来、从天而下。
>
> 反义词：意料之中。

只见那石猴闭眼纵身跳入瀑布。进去后，他发现里面是一个洞，洞里有石椅、石床、石盆、石碗等，洞的正中央有一块石碑，上面刻有：“花果山福地，水帘洞洞天。”石猴高兴不已，忙转身出来，将外面的猴子们接进去。于是，群猴拜石猴为王，石猴将“石”字省去，自称“美猴王”。

美猴王每天带猴子们逍遥快乐，有一天，大家说起将来难免一死时，都有些悲伤。一个老猴子对猴王说：“大王想要长生不老，只

有去学佛、学仙、学神之术。”美猴王听了，决定去找神仙，学长生不老的本领。于是，他撑着木筏，奔向汪洋大海，向远方漂去。

【成长智慧】

跟老师学习时，要注意倾听和善于理解老师说的每一句话，把老师的话在脑子里多想几遍，多问几个为什么。真正把老师的意图理解透彻了，这样的学生才能学到真本领。

这一天，猴王来到一个岛上，岛上有一座大山。说这座山叫灵台方寸山，山上有个斜月三星洞，洞中住一个称为“菩提祖师”的神仙。美猴王找到三星洞，对守门的仙童说要拜见师傅，恭恭敬敬地跟仙童进了洞，来到祖师讲道的法台前。祖师问了猴王的来意，见他没有姓名，便取了名字叫“孙悟空”。从此，悟空跟师兄们一起学习本领，修行烧香，有空时还做些扫地挑水的活儿。

很快，七年过去了。一天，祖师问悟空想学什么本领。除了长生不老，孙悟空都不愿意学。菩提祖师有些生气，手里拿斜戒尺在悟空头上打了三下说：“你这猴子，这也不学，那也不学，你要学些什么？”说完就从后门走了。

孙悟空明白了师父的意思，夜里三更时分从后门来到师父的屋子里，祖师看孙悟空很聪明，于是教给他长生不老的法术。孙悟空用心理解，牢记口诀，从此刻苦练习。

很快三年又过去了，祖师又教了孙悟空七十二般变化的法术和驾筋斗云的本领。一天，孙悟空在和师兄弟们卖弄自己的本领时被祖师看到了，祖师叫孙悟空离开仙山，并要求他任何时候都不能说自己是菩提祖师的徒弟。

知识链接

中国称神州的来历：神州即华夏、中国。相传黄帝领治的土地称为神州，赤帝统辖的土地称为赤县，赤县和神州合称“神州赤县”或“赤县神州”。赤县、神州之称，最早见于《史记·孟子荀卿列传》，其中提到战国时齐国有个叫驺衍的人说：“中国名为赤县神州。”后来，人们就称中国为“赤县神州”。但更多的是分开来用，或称“赤县”，或称“神州”。

大闹天宫

孙悟空大闹龙宫借得如意金箍棒、大闹地府勾了生死簿后，阎王和龙王先后来找玉皇大帝状告，玉皇大帝本想派大军捉拿孙悟空，但听了太白金星的建议，改让孙悟空做天宫的弼马温，给自己看马。孙悟空听说这个官在天上是最小的，一气之下，便拿出金箍棒，杀出南天门，回到花果山，自封“齐天大圣”。

这下可惹怒了玉帝，玉帝命令托塔李天王和三太子哪吒，带兵去捉拿悟空。没想到先锋官巨灵神和

【成长智慧】

玉帝是天上地位最高的神，在普通人的眼里是万能的，是不可侵犯的，但孙悟空不惧这些，他勇于向玉帝挑战，留下了大闹天宫的美名。

哪吒都被孙悟空打败。玉帝想多派些兵将，太白金星又出主意说，让玉帝封孙悟空一个有名无权的齐天大圣，把他留在天上，免得再派人去打，伤了兵将。玉帝同意了这个建议，还为孙悟空修了一座齐天大圣府，并让他管理蟠桃园。这蟠桃园里的果子都是几千年才结一次，有的吃了可成仙，有的吃了寿命可以与日月同辉，与天地齐寿。那桃子很好吃，孙悟空每隔两三天，就去吃一次。

蟠桃会到了，王母娘娘要用桃子招待各位天神，让七位仙女进园摘桃。悟空得知蟠桃会没请自己，十分生气。他来到开宴会的瑶池，趁众仙人还没到，大吃大喝起来，又变了一个口袋把剩下的东西都装上，顺便来到太上老君的兜率宫，把他的五个葫芦里的金丹全部倒出来也吃掉后，回花果山去了。

玉帝听到报告，大发雷霆，命令李天王和哪吒太子率领十万天兵天将，布下十八层天罗地网，捉拿悟空回来。但是天兵天将都不是悟空的对手，于是又派二郎神到花果山来捉拿孙悟空。两个人各显神通，千变万化，大战几

词语积累

火眼金睛（huǒ yǎn jīn jīng）

指孙悟空能识别妖魔鬼怪的眼睛。常比喻眼光犀利，能识别真伪。出自：明·吴承恩《西游记》第四十回：“我老孙火眼金睛；认得好歹。”

例句：公安干警们真是火眼金睛，犯罪分子没能逃脱他们的法眼。

近义词：洞若观火、明察秋毫。

反义词：雾里看花、大惑不解。

百个回合，不分胜负。太上老君用金钢圈偷袭悟空，把他突然打倒。二郎神放出哮天犬又咬住了悟空，天神们才把悟空捉住。

孙悟空被绑在斩妖台上，刀砍斧剁，雷打火烧，都没能伤他一根毫毛。玉帝又命人把悟空放到八卦炉里炼了七七四十九天，孙悟空不但没有被熔化，反而炼就了一双**火眼金睛**。从八卦炉里出来后，孙悟空抡起如意棒一路打来，一直打到灵霄殿上，让玉帝把位置让给自己。直到玉帝请来如来佛祖，孙悟空斗不过佛祖，才被佛祖捉住，压在 五行山下。

知识链接

王母娘娘，传说中的女神。亦称为金母、瑶池金母、瑶池圣母、西王母。原是掌管灾疫和刑罚的大神，后于流传过程中逐渐女性化与温和化，而成为慈祥的女神。相传王母住在昆仑仙岛，王母有瑶池蟠桃园，园里种有蟠桃，食之可长生不老。中国民间的故事和小说中，认为玉皇大帝和王母娘娘是夫妻。但在正统的道教神系中，西王母是所有女仙之首，而玉皇掌管昆仑仙岛是群仙之首，众神之主，他们并不是夫妻关系。

唐僧立志取经

孙悟空被压在五行山下五百年以后，观音菩萨奉了如来佛的法旨，带锦襕袈裟等五件宝贝，来到东土大唐，寻找去西天求取三藏真经的人。

这一天，正是唐太宗李世民命令高僧陈玄奘在化生寺设坛宣讲佛法的日子。陈玄奘是如来佛二弟子金蝉子转世，观音暗中选定他为取经人，以献宝为名，找到唐太宗，向他介绍西方佛法的好处，并请他派陈玄奘去西天求取真经。唐太宗和陈玄奘讲了到西天取经的想法，陈玄奘立志完成取经的心愿，并与唐太宗结拜成兄弟。

【成长智慧】

无论做什么事情，特别是当我们面对对自己不利的情况的时候，信念是很有用，也很重要的。信念是我们前进的动力，只要我们有强大的内心，坚定永不屈服的信念，任何困难都能够克服的，胜利也会最后属于我们！

唐太宗将观音菩萨留下的护身袈裟等宝物送给了陈玄奘，并将他的名字改为“唐三藏”。过了几天，唐僧和两个仆人出发，路过法门寺时，寺里的和尚告诉他去西天取经的路途艰险，一路上会遇到很多困难，唐僧用手指自己的心说：“只要有坚定的信念，任何危险都算不了什么！”

唐僧主仆向西行了许多时日，就到大唐的边界了。再往前走，他们来到一个叫“双叉岭”的地方，这地方道路起伏不平，杂草丛生，十分难走。正行进间，他们被一群妖怪抓住，妖怪们先吃了两个仆人，准备第二天再吃唐僧，看到两个仆人被剖腹挖心，活活地吃掉，唐僧吓傻了。夜里正在昏昏沉沉时，一个拄拐杖的老人来到唐僧跟前，挥手解开捆绑他的绳子，又吹一口气叫醒了他。老人让唐僧拿上包袱，牵着马，快快逃命。唐僧正想感谢时，老人已乘一只红顶白鹤飞向空中，从空中掉下一张纸条。唐僧接过一看，才知老人是太白金星，于是赶忙向空中施礼。

唐僧骑马沿着山路往前走，走了大半天，又渴又饿，他有些走不动了，正想找点水喝时。忽然看见前面有只凶恶的老虎，张开了

血盆大嘴，又往四周看看，发现左边是有毒的虫子，右边又是些从未见过的野兽，身后是吐着信子的毒蛇。唐僧想，这下自己完了，听天由命吧。就在这危急关头，野兽们忽然都跑了。原来，一个叫刘伯钦的猎人救了他。刘伯钦还请唐僧到家中作客。第二天，刘伯钦又带了几个人，拿着刀枪送唐僧一程。走了半天，来到两界山，再往前走就是鞑靼的疆域，刘伯钦不能过去，只好叮嘱唐僧路上可要多加小心。

词语积累

听天由命（tīng tiān yóu mìng）

听任事态自然发展，不做主观上的努力。也比喻碰机会，该怎么样就怎么样。出自：清·刘鹗《老残游记续集》第二回："死活存亡，听天由命去罢。"

例句：几个人找不到了出山的路，有人建议坐地静等，听天由命，有人说要想办法找出路。

近义词：听其自然、听之任之。

反义词：改天换地、事在人为。

知识链接

袈裟是什么？袈裟一词是外来语，又名袈裟野、迦罗沙曳、迦沙、加沙。汉语译作不正色、染色、赤色，指缠缚于僧众身上之法衣，以其色不正而得名。袈裟是僧人最重要的服装。袈裟的颜色大体上有三种，即青、泥（皂、黑）、茜色（木兰色）。

孙悟空拜师

唐僧正在和刘伯钦话道别，忽听山脚下有人大喊："师父快过来！”唐僧吓得**胆战心惊**。刘伯钦赶忙说：“这座山下压着一个神猴，肯定是那神猴在叫。”

刘伯钦领唐僧去看那神猴，神猴正是孙悟空，他一见唐僧就喊道：“师父快救我出去，我可以保护你到西天取经，观音菩萨说我是你的徒弟。”唐僧不知该怎么来救，孙悟空说：“只要把山顶上的金字压帖拿掉就行了。”唐僧爬上山，拿掉了金字压帖，按孙悟空的要求，退到十里之外等着。只听一声天崩地裂般的巨响，五行山裂成两半，顿时飞沙走石，满天尘土，让人睁不开眼睛。

> **词语积累**
>
> **胆战心惊**（dǎn zhàn xīn jīng）
>
> 形容十分害怕。出自元·无名氏《碧桃花》第三折：“不由我不心惊胆战，索陪着笑脸儿退后趋前。”
>
> 例句：天越来越黑了，几个孩子胆战心惊地顺着山路往前走。
>
> 近义词：面无人色。
>
> 反义词：镇定自若、满不在乎。

等到唐僧睁开眼睛时，见一个赤身裸体的神猴跪在自己面前叩头。唐僧忙从包袱里拿出衣裤让他穿上。孙悟空向唐僧说了观音菩萨让他保护唐僧取经的情况，唐僧大喜。于是，悟空拜了师父，和师父一道出发了。

没走多久，忽然从草丛中跳出一只老虎挡住去路。孙悟空从耳朵中取出金箍棒，只一棒，老虎就死了。悟空拔了根毫毛，变成一把尖刀，剥了虎皮，然后做了条皮裙围在腰间。唐僧见了，惊得连嘴都合不住。

又行了一程，路边跳出几个强盗，要抢他们的马和行李。悟空不给，他们拿刀往悟空头上砍了七八十下，悟空毫发无损。悟空火了，用金箍棒把他们都打死了。唐僧见了大惊，批评悟空，说他太残忍，不能去西天取经。

孙悟空很生气，驾上筋斗云，回花果山了。唐僧正没办法时，来了一位老妇人，老妇人知道事情的经过后，送给唐僧一件衣服和一顶花帽，留给那不听话的徒弟穿戴，还教给了唐僧紧箍咒，告

【成长智慧】

强中自有强中手，世界上的事情往往都是这样，一个人不可能永远是强者。因此，前行的时候，要懂得退让，俗话说：退一步海阔天空。退一步，也许会获得更大的成功。

诉他，徒弟穿衣戴帽后，再不听话，就念咒。唐僧刚要言谢，老妇人已变成观音菩萨离去。

孙悟空回花果山路过东海，去看一下东海龙王，龙王劝他还是回去，孙悟空已回心转意。正好，观音菩萨也来劝他，悟空就去追赶唐僧。见到师父，悟空看到了那套衣帽，急忙穿戴上，唐僧要试试紧箍咒，就小声念了起来，悟空马上疼得满地打滚，拼命去扯那帽子，可怎么也取不下来。

悟空发现头痛是因为师父在念咒，就抄起金箍棒想打唐僧。唐僧见了，越念越快，悟空的头越来越疼。最后，只好跪地求饶，承认错了，求师父不要再念咒了。

悟空想这咒语一定是观音菩萨教的，就说要去南海找观音菩萨算账。唐僧说：“她既然能教我这紧箍咒，肯定也会念咒！”悟空想想也是，发誓以后一定听师父的话，保护唐僧西天取经。

知识链接

西天取经的“西天”是指什么地方？西天，是中国古代对印度的称谓，因为印度古称天竺（zhú），在中国西南方向，故称西天。佛教起源于印度，所谓“西天取经”，即指去印度取佛经。

黑风山怪窃袈裟

孙悟空保护着师父一路向西，路上又降服了白龙马，唐僧骑上白龙马，走起路来就轻松多了。一天傍晚，师徒二人来到一座观音院。院里的老和尚相中了唐僧的袈裟，把袈裟借了去。为了得到袈裟，夜里想放火烧死唐僧师徒。多亏被悟空发现，找广目天王借来避火罩，救了师父。

这时，离观音院不远的黑风山黑风洞的黑风怪，看到寺院起火，就想趁火打劫，偷点东西。于是，驾云飘进方丈房中，看见了价值连城的袈裟，拿着就跑。第二天早上，唐僧和悟空一块去找袈裟，却怎么也找不到了。老和尚见唐僧师徒没死，袈裟又丢了，自己没脸活着，撞墙死了。悟空问别的和尚附近可有妖怪？得知有个黑风怪。悟空想，袈裟丢了，一定是他所为。于是，一个筋斗来到黑风山，按落云头，往林中察看。

词语积累

价值连城（jià zhí lián chéng）

一种物品的价值相当于许多城池加在一起的价值。形容物品十分贵重。出自《史记·廉颇蔺相如列传》：“赵惠文王时，得楚和氏璧。秦昭王闻之，使人遗赵王书，愿以十五城请易璧。”

例句：这个宝贝可是价值连城，不能随便让你看。

近义词：无价之宝、连城之价。

反义词：一钱不值、无足轻重。

忽听山坡前有人在说笑，悟空躲在岩石后面，偷偷望去，见地上坐三个妖魔，为首的一个黑脸大汉说自己得到了一件佛衣，特地请二位来看看。悟空一看，正是师父的袈裟，一边骂贼人一边跳上前去就是一捧。黑脸大汉就是黑风怪，变成一股风逃走了；还有

【成长智慧】

古语说"贪者，恶之大也"，"祸莫大于不知足"。贪婪是人性的一大弱点，贪婪者的欲望没有止境。所以，人不可以有不良之心，更不能有贪婪的欲望，不良之心和贪婪的欲望会毁了自己。

个道士也跑了，只有那个白衣秀士没来得及逃走，被悟空一棒打死，现出原形，原来是一条大白花蛇。

悟空紧跟那黑风怪，来到黑风洞，用金箍棒使劲敲门，要妖怪还回袈裟。黑风怪穿着乌金甲，提着黑缨枪，出洞和悟空打了起来。一直打到中午，黑风怪说要吃饭，化一股清风逃回洞中。悟空没有办法，只得先回观音院去看师父。下午，在回黑风山的路上，打死了一个拿着请柬的小妖。请柬是请观音院那老和尚的，悟空心生妙计，马上变成了老和尚的模样，进了黑风洞，又和那妖怪打了起来，打到太阳落山，妖怪又溜回洞中。悟空没有办法，决定去找观音菩萨想办法。

观音菩萨和悟空驾云飞往黑风山。观音菩萨变成献仙丹的道士，悟空则变成一颗仙丹，黑风怪吃了悟空变的仙丹，肚子痛得在地上直打滚。观音菩萨也恢复了原形，命令他交出佛衣，黑风怪痛得受不了，只好交出袈裟。观音菩萨接过佛衣，拿出一个小金圈儿，套在黑风怪头上，收服了黑风怪，悟空拿着袈裟回去找师父去了。

寺院，寺院为佛寺的总称，寺，僧众供佛的处所即佛寺，还包括清真寺。寺观是佛寺和道观的合称；庵（尼姑庵），是小佛寺，多指尼姑所居之处。现代也指其他宗教的建筑如修道院。

收降八戒和沙僧

这一天，唐僧师徒来到一个叫做高老庄的村子。碰巧，庄主高太公正在犯愁。原来，有一个青年和他最漂亮的三女儿结了婚。婚后，那青年突然变成一个猪头猪脑的妖怪，来去都腾云驾雾。这半年来，竟然把三女儿锁在后院，不让人进去。高太公找了多个法师来降他都没成。

悟空听了这事，拍胸脯保证自己能帮助捉妖。晚上，悟空变成那三女儿的模样，在屋里等那妖怪。果然，一阵狂风刮来，那妖怪回来了。悟空故意对他妖怪说，爹爹请了五百年前大闹天宫的齐天大圣来抓他。那妖怪倒吸了口凉气说：“做不成夫妻了！”而后开门就跑，悟空从后面一把扯住他的衣领子，把脸一

【成长智慧】

每个人都在为了理想的生活，为了人生的梦想努力地前进着，但前进的路上总会有挫折和坎坷。我们只有战胜挫折和坎坷，才能实现理想，成就梦想。

抹，现出原形，那妖怪一见是悟空，吓得手脚发麻，“呼”地一下化作一阵狂风跑了。

悟空跟上妖风一路追到一个山洞里。那妖怪现出原形，手持一柄九齿钉耙骂悟空是“弼马温”，然后就和悟空打在了一起。悟空举起棒架住了钉耙，问妖怪：“慢动手，你怎么认识老孙？”那妖怪说：“我乃天上的天蓬元帅，因在王母娘娘的蟠桃会上喝得**酩酊大醉**，闯进了广寒宫调戏嫦娥。被玉皇大帝打入凡间投胎。没想到竟错投了猪胎，落得如此模样。”

> **词语积累**
>
> **酩酊大醉**（mǐng dǐng dà zuì）
>
> 形容醉得很厉害。出自明·施耐庵《水浒传》第四十三回：“不两个时辰，把李逵灌得酩酊大醉。”
>
> 例句：这个司机，喝得酩酊大醉还开车，被交警拦住了。
>
> 近义词：烂醉如泥、酩酊烂醉。
>
> 反义词：滴酒不沾。

悟空听了大笑。妖怪打不过悟空，拔腿就往洞中逃。悟空站在洞口骂，那妖怪也不出来。悟空拿起金箍棒打碎了洞门，那妖怪只好跳出来和悟空扭打到一起，边打还边骂：“你不在花果山呆着，跑到这儿来干什么。”悟空说：“我是保护唐僧西天取经路过这……”妖怪一听“取经”二字，“啪”的一声丢了钉耙，拱了拱手说：“原来是取经人，快带我去引见师父，观音菩萨劝导我，让我在这里等你们。”

孙悟空领着妖怪来见师父，唐僧为猪怪起了法名“八戒”。唐僧又多了一个徒弟。师徒三人不惧千辛万苦，日夜前进。

一天，他们来到了一条一望无际，汹涌澎湃的流沙河边。这流沙河有八百里长，水很深。他们正在河边犯愁时，一声巨响，河中钻出一个妖怪来。悟空和八戒一起来战妖怪，妖怪钻入了水底后怎么也不出来。

悟空只好去找观音菩萨想办法。观音告诉悟空，那是卷帘大将下凡，被她劝化，答应保唐僧西天取经的。观音菩萨派木叉行者帮

助悟空收服的妖怪，唐僧为他取名“沙悟净”。悟净帮助唐僧他们过了流沙河，师徒四人一起继续向西赶路。

知识链接

观音菩萨，又作观世音菩萨。从字面解释就是“观察世间民众的声音”的菩萨，是四大菩萨之一。她相貌端庄慈祥，经常手持净瓶杨柳，具有无量的智慧和神通，大慈大悲，普救人间疾苦。当人们遇到灾难时，只要念其名号，便前往救度，所以称观世音。在佛教中，她和阿弥陀佛、大势至菩萨一起，并称“西方三圣”。

万寿山庄窃人参果

唐僧师徒一路**餐风露宿**。这一日，来到万寿山下。这里有个五庄观，住着“镇元子”大仙，观中种有异宝“人参果”树，这“人参果”是人间没有的，一万年才结三十个能吃的果子。那果子闻一下能活三百六十岁，吃一个能活四万七千年。

当日正值大仙去上天听讲法，临行前吩咐童子：他的故友金蝉子已转世为唐僧。若他来

词语积累

餐风露宿（cān fēng lù sù）

风里吃饭，露天睡觉。形容旅途或野外工作的辛苦。出自：宋·苏轼《将至筠先寄迟适远三犹子》诗：“露宿风餐六百里，明朝饮马南江水。”

例句：两个人餐风露宿地赶了三天的路，才来到这里。

近义词：跋山涉水、风尘仆仆。

反义词：席丰履厚。

【成长智慧】

每个人都会犯错误，但犯错误并不可怕，可怕的是不能或者不敢正确看待它。犯了错要勇敢面对，找到解决的办法，弥补错误，这才是难能可贵的。

了，须好生招待，可去园中打两个人参果敬他，但要防备他手下的人。

唐僧师徒到来后，童子热情招待，还送给唐僧两个酷似人形的人参果。唐僧看着像是未满三天的婴儿而不敢吃。童子只好分吃了，并说唐僧不识人参果。这话被八戒听见，就和悟空商量去偷。

悟空爬上果树一敲，一个果子落地却不见了。急招土地来问，才知道这果遇土而入、遇木而枯、遇水而化、遇火而焦、遇金而落。悟空只好用衣服当兜，摘了三个回来。和八戒边吃边说，却被童子发现了，童子一气，对他们大骂，说他们是贼，悟空一气之下跑到园里，使出神力把人参果树翻个根朝天。童子发现树被悟空毁了，吓得脚软腰酥、魂飞魄散。他们锁上房门，不让唐僧师徒走。夜里，悟空使出“解锁法”开了门，领大家连夜西行。

大仙散会回来，看到发生的一切，追上师徒四人。几个回合后，便把师徒四人连马和行李一起抓了回去绑在柱子上。

晚上，悟空使出缩身法，脱了绳，把众人解开。用又猴毛变为四人模样，绑在原处，领着他们赶紧逃跑。次早，大仙发觉上当，又腾云赶来，把他们又抓了回去，并要把他们都下油锅。大仙几次把悟空扔到锅里都安然无恙，大仙知悟空厉害，炸他也不济事，便要悟空赔他树方肯罢休。

悟空只好去四处寻找医活那树的妙法，费了很大的周折，寻遍三山五岳，才听说观音净瓶里的“甘露水”善治仙树灵苗。找到观音后，观音狠狠地批评了悟空的偷果毁树行为，悟空诚心接受了批评。而后二人疾速来到五庄观，观音用杨柳蘸出瓶中甘露在行者手心画了一道起死回生的符字，在“镇元子”大仙的共同配合下，那树才又活了过来，但树上只有二十五个人参果了。

“镇元子”大仙见树活了大喜，打下十个人参果宴请众客。宴罢，送走了观音，大仙又与悟空结为兄弟。

知识链接

人参果：你知道吗？地球上不仅真有人参果，而且多种多样：有树上长的，枝上结的，藤上挂的，也有土里生的，有种植多年后才能开花结果，也有当年种植当年即可结果的。通常所说的人参果是一种原产于我国甘肃省武威地区的水果，富含蛋白质、维生素与矿物元素，具有保健功效，但没有长生不老的作用。不过，也确实有不少种类的人参果，具有强身健体、防治疾病、益寿延年的功效。

三打白骨精

一天，唐僧师徒来到一个叫白虎岭的地方。这地方只有一些奇形怪状的石头，什么吃的也没有。大家都饿了，悟空便去找些吃的。他们的到来，惊动了一个叫白

【成长智慧】

人生在世，首先要是非分明，善恶分明，美丑分明，我们的心灵才会真正的清醒，才能真正地明人达理，我们才会感觉人生活得有意义、有价值，否则就是个糊涂虫。

骨精的妖怪。她听说吃一块唐僧肉就可以长生不老，就决定把唐僧抓来。

看见唐僧身边有八戒和沙僧保护，白骨精就摇身一变成为一个漂亮的村姑，顺手抓了一些癞蛤蟆什么的，用法术变成饭菜，装在竹篮里，来到唐僧面前，说是给家人送饭，还请他们吃。唐僧**半信半疑**，可八戒嘴馋，拿起里面的馒头就想吃。

> **词语积累**
>
> **半信半疑**（bàn xìn bàn yí）
>
> 有点相信，又有点怀疑。表示对真假是非不能肯定。出自：三国·魏·嵇康《答释难宅无吉凶摄生论》："苟卜筮所以成相，虎可卜而地可择，何为半信而半不信耶？"
>
> 例句：老师对李峰的话半信半疑。
>
> 近义词：将信将疑、疑信参半。
>
> 反义词：坚信不疑、自信不疑。

正在这时，悟空化斋回来，他用火眼金睛仔细一看，知道这女子是个妖怪，举棒便打。唐僧拦也没拦住，一棒打去，可那妖怪用了一个变身术，扔下一具假的尸体，化作轻烟逃跑了。唐僧责怪悟空不该打死人。悟空拿过那女子的篮子，让唐僧看里面的癞蛤蟆什么的，唐僧这才相信悟空。但猪八戒因为没吃成饭，说这是悟空使的障眼法来骗师父，唐僧相信了他，就对悟空念起紧箍咒，疼得悟空满地打滚。

悟空求师父饶了他，唐僧本来就心慈，就答应饶他一次。可那白骨精一计不成又生一计。她摇身一变，成了一个八十多岁的老太婆，拄着拐杖，边找女儿边向师徒走过来。发现那个死妖怪的尸体后边哭边骂他们师徒，悟空早就看出她又是白骨精变的，举着棒子就打。那个妖怪还是用了个变身法，扔下一具假尸体跑了。唐僧见悟空又打死了人，一气之下，念了紧箍咒又要赶悟空走。悟空请师父把头上那个箍取下来，可是唐僧不会松箍咒，取不下来，只好答应再饶悟空一次，但告诫他不准再打死人，悟空连忙点头答应。

正在他们说着话时，不甘心失败的白骨精又变成一个白发老公公，来找他的老婆和女儿。见到那两个尸体后，对唐僧不依不饶。悟空早已认出他是妖怪，但是担心师父又念咒语，没有立刻动手。看他要拉师父去官府，悟空急了，抡棒就要打，那妖怪却躲到唐僧的背后。唐僧见悟空又要打人，一边念起了紧箍咒一边护着那妖精，疼得悟空倒在地上，那妖精却躲在唐僧身后幸灾乐祸。悟空忍住疼，挣扎着跃身而起，一棒子打死了妖怪。妖怪现了原形，是一堆白骨。悟空把这些指给唐僧看，八戒又说是悟空用了法术变出副白骨来骗师父。

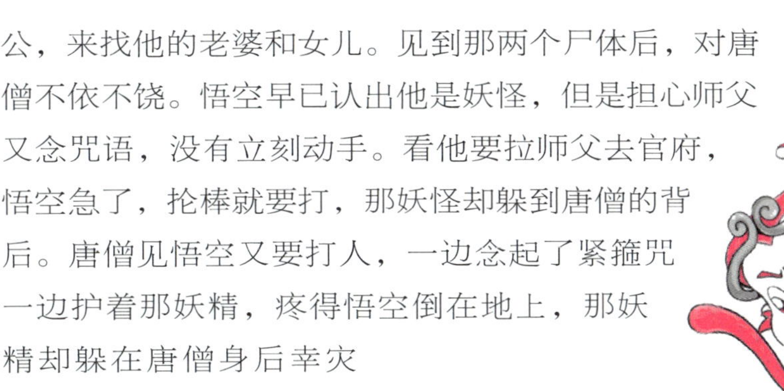

唐僧又信了八戒的，写了一张贬书，要把悟空赶走，任凭悟空怎么求饶，沙僧如何说情都不行。悟空见师父决心已定，长叹一声，嘱咐沙僧好好保护师父，含泪而去。

知识链接

师父和师傅两个词的区别：“师傅”和“师父”最基本的意义是相同的，这就是指传授知识或技艺的人。在很多情况下，这两个词可以混用。“师傅”作为尊称，含有尊敬的情感，而“师父”将“师”作“父”一般地敬重，感情显然更加深挚。最早由“一日为师终生为父”而来，一直沿用至今。

宝象国大战黄袍怪

孙悟空走后，八戒和沙僧保护着唐僧继续西行。

一天，他们走饿了，猪八戒去化斋，可他却躺在草丛睡着了，沙僧只好去找他。唐僧自己又困又累，站起身四处走走，没想到竟然走错了路，来到一座黄金宝塔下，被一个叫黄袍怪的妖精给捉去了。

八戒和沙僧一路找来，发现了黄袍怪的波月洞。在门外和黄袍怪打了起来。这时，一个妇人来到被绑在洞中的唐僧面前，告诉唐僧，她是宝象国的百花羞公主，被妖怪抢来当妻子已经十三年了。她想救唐僧出去，带一封信给宝象国国王。唐僧答应后，她带着唐僧从后门逃出山洞。等黄袍怪在外边打了一阵回来，百花羞说那唐朝和尚用法术解开了绳子跑了，而后她又假装昏倒，拖住了黄袍怪。

唐僧找到八戒和沙僧，连夜来到宝象国，拜见国王，把百花羞的信献上。国王读完信后请求唐僧去捉拿妖怪，解救女儿。唐僧只好让八戒和沙僧去救公主。两人来到了波月洞前，和黄袍怪又是一场大战，但沙僧被老怪捉到洞里。当他知道八戒和沙僧是前来解救公主时，决定去宝象国找唐僧。

【成长智慧】

“一日师，百日恩”，悟空感念师徒情谊，虽然受了很大的委屈，但还是在第一时间赶回救自己的师傅。这种不计前嫌、懂得感恩的美德是非常值得我们学习的。

黄袍怪变成一个英俊的青年，来拜见宝象国王，对国王说："我是一个猎户，十三年前打猎时碰到一只猛虎，叼着个姑娘，我将姑娘救下，结了夫妻，最近才知道那姑娘是三公主，特地来认亲。"接着他又说唐僧就是那老虎，又使法术把唐僧变成了一只老虎，国王相信了他，把唐僧关到了铁笼里。

白龙马知道了这件事后，为救师父，变成宫女刺杀妖怪。可是，白龙马不是妖怪的对手，后腿被妖怪打伤。

八戒回来后，白龙马开口讲话，把发生的事告诉了他，并一再劝说他去请悟空回来救师父。八戒来到花果山，把师父遇难的事告诉了悟空，求他前去解救师父。悟空感念师徒情谊立即与八戒驾云来到波月洞前，救出公主和他的两个孩子，并用假孩子引黄袍怪回来。悟空又变成公主的模样，在洞里等黄袍怪。黄袍怪回到洞里，看见公主哭孩子还昏了过去，连忙救醒假公主，又从嘴里吐出一个鸡蛋大小的舍利子仁丹，让公主放在疼的地方。悟空接过去就吞到肚子里，然后变回本来面目。妖怪认出是齐天大圣，吓得逃出洞外和悟空打了起来。打不过，就化作一股青烟消失得无影无踪。

词语积累

无影无踪（wú yǐng wú zōng）

没有一点踪影。形容完全消失，不知去向。出自元·吴昌龄《东坡梦》："你那里挨挨椤椤，闪闪藏藏，无影无踪。"

例句：几个淘气的孩子远远地见老师来了，转身便逃得无影无踪。

近义词：荡然无存、烟消云散。

反义词：有迹可寻、蛛丝马迹。

孙悟空找不到那妖怪，想他认识自己，可能是天宫来的。于是到天宫去查，果然是二十八宿中奎木狼私自下界。玉帝派人把黄袍怪收到天宫，悟空回到宝象国，来到被变成老虎的师父跟前，救了师父。宝象国国王盛情款待了除妖降怪，救回公主的唐僧师徒。悟空又回到了唐僧身边，保护师父继续西行。

知识链接

二十八宿，也叫二十八星宿（xiù），我国古代天文学家把天空中可见的星分成二十八组，叫做二十八宿，东西南北四方各七宿。印度、波斯、阿拉伯古代也有类似我国二十八宿的说法。具体的分法是：

东方称青龙：角木蛟、亢金龙、氐土貉、房日兔、心月狐、尾火虎、箕水豹；

南方称朱雀：井木犴、鬼金羊、柳土獐、星日马、张月鹿、翼火蛇、轸水蚓；

西方称白虎：奎木狼、娄金狗、胃土雉、昴日鸡、毕月乌、觜火猴、参水猿；

北方称玄武：斗木獬、牛金牛、女土蝠、虚日鼠、危月燕、室火猪、壁水貐。

观音收服红孩儿

【成长智慧】

生活中，许多时候要睁大我们的双眼，分辨出什么是真什么是假。不要盲目地相信一些我们不了解不认识的人，别被一些人的表面伪装和花言巧语所欺骗。

师徒四人晓行夜住。一日，来到一座山下。忽有一七八岁顽童，赤条条地高吊在一棵树上，口喊“救人”。原来这顽童是一个叫“红孩儿”的妖怪变的。这“红孩儿”号称“圣婴大王”，住在火云洞里，是孙悟空大闹天宫前的结拜兄弟牛魔王的儿子。听说唐僧路过此地，想捉住唐僧，吃他的肉。心慈的唐僧不知是计，上前解下顽童，让悟空背着。悟空已看出孩童是妖怪变的，谁知，这妖怪用千斤大法压住悟空，悟空把那妖怪摔成肉饼。红孩儿不甘心，便在半空里弄了一阵旋风，将唐僧抓了去。

悟空找当地土地神打听，听说妖怪是红孩儿，满心欢喜，以为凭自己和他父亲的交情，应该会还了师父。谁知红孩儿不肯认亲，见了悟空，举枪便刺。还从口里喷出火来，烧得悟空不敢靠近。

大圣对红孩儿的火没办法，遂请来四海龙王助战。红孩儿战不了几合，又放起火来。龙王的雨水泼上去却如**火上浇油**，越烧越旺。原来，这红孩儿的火是三昧真火，是不怕水的。大圣不知，打斗中被火烧得燥热难忍，径直投入涧水中。谁知被冷水一击，火气攻心，竟然昏迷过去，三魂出身。关键时刻，八戒赶到，救了悟空。悟空让八戒去请观音帮忙，红孩儿知道了这事，变为菩萨模样把八戒骗入火云洞。

> **词语积累**
>
> **火上浇油**（huǒ shàng jiāo yóu）
>
> 往火上倒油。比喻使情况更加严重或使人更加愤怒。出自元·关汉卿《金线池》第二折：“我见了他扑邓邓火上浇油。”
>
> 例句：本来两个人已经平静下来了，可是他的话如火上浇油，两个人又互不相让地吵了起来。
>
> 近义词：推波助澜。
>
> 反义词：雪中送炭。

后来，悟空探知红孩儿让小妖去请父亲牛魔王来吃唐僧肉时，变成牛魔王的模样，被小妖请到火云洞。在洞中，因为悟空说不吃肉，红孩儿对大圣起了疑心，便让悟空说出他的生辰八字，悟空露了马脚，逃出妖洞，去请观音来助战。

观音与大圣来到火云洞，悟空持棒引出红孩儿，打了几个回合便失败而逃。红孩儿不知是计，一路追赶。赶着赶着却见悟空躲入观音菩萨的神光里，红孩儿不认识观音，猜观音是大圣搬来的救兵，举枪便刺。那观音化一道金光走了，留下一个莲台，红孩儿见

莲台好玩，便学着观音的样子盘手盘脚坐上去。

观音叫一声“退”，莲台消失，红孩儿坐在刀尖上。红孩儿心急要伸手拔刀。那刀全变成倒须钩，钩住红孩儿。红孩儿脱身不得，吓得直求饶。观音收了红孩儿，让他做了善财童子。

知识链接

结拜兄弟是什么意思：简单地说就是朋友结为异姓兄弟。结拜，雅称义结金兰，俗称结义、换帖等，是民间同道的人结为兄弟关系的一种形式。它源于三国中“桃园三结义”，刘备、关羽、张飞三人结为生死与共的兄弟的故事。后来，人们崇拜继而仿效之，即志趣、性格等相近、互相投缘的人，通过一定的形式，结为兄弟般的关系，生活上互相关心、支持帮助，遇事互相照应。

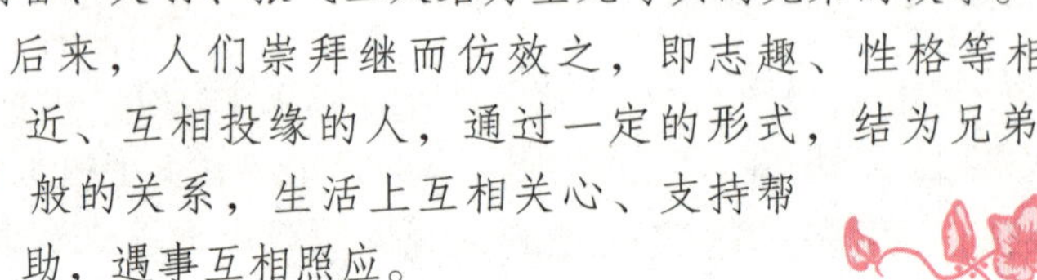

女儿国遇险

【成长智慧】

在生活中，许多时候都是如此：是自己的，我们一定要好好地珍惜；不是自己的，我们也不可以去强求。因为，许多强求来的东西，最后还会从我们的身边溜掉。

这一天，唐僧师徒来到女儿国。路上口渴，唐僧、八戒误喝了子母河的水。这子母河的水喝了就可以生孩子，唐僧、八戒眼看肚子见大，连声叫苦。悟空一打听，知道解阳

山聚仙庵庵主如意真仙那里有能解这子母河水的泉水。于是便去讨取。谁知如意真仙是红孩儿的叔叔，他大骂悟空，坚决不给泉水。

悟空一气之下就挥棒和他打了起来，如意真仙打不过悟空，但也不让悟空取水，悟空只好回去找来沙僧帮助。沙僧取了水，如意真仙还是捣乱不肯给，悟空只好一棒把他打昏。唐僧和八戒喝下泉水才没事了。

第二天，他们来到女儿国皇城，这里，街上全是女子，她们见师徒四人很是稀奇，纷纷围观。师徒四人好不容易来到驿馆，接待的女官问明来历后，进宫向女王报告。女王听说唐僧长得相貌堂堂，决定把唐僧留下做国王，自己当王后，打发他的三个丑徒弟去取经。为了能够换得关文，悟空让师父假意答应了她。

词语积累

相貌堂堂（xiàng mào táng táng）

人的仪表端正魁梧。出自明·吴承恩《西游记》第五十四回："御弟相貌堂堂，丰姿英俊，诚是天朝上国之男儿，南赡中华之人物。"

例句：我们新来的男老师相貌堂堂，大家很喜欢他。

近义词：仪表堂堂、风度翩翩。

反义词：尖嘴猴腮、面黄肌瘦。

很快，女王就坐着龙车，亲自前来迎亲。龙车驶进了皇宫后，女王请唐僧师徒一起赴宴。悟空他们吃完饭后，换了关文，起身告别。唐僧提出要送送徒弟们，女王也要求一同前去。

出了西城门，唐僧却站到了徒弟们身边，和女王告辞，女王大惊，文武百官一拥而上来阻拦，悟空正要用定身法，忽然一阵狂风，空中来了一个女子，抱起唐僧，冲上云霄不见了。

悟空等人腾云去追，追到一座高山前。在悬崖处找到了一个琵琶洞，悟空变成一只蜜蜂飞进洞中，果然见一个女妖在逼唐僧成亲。悟空现出了原形，举棒就打。女妖从口中喷出一团烟火，藏起唐僧，举叉和悟空一直打到洞外。八戒、沙僧前来帮忙，女妖一见不是对手，从屁股上伸出一条像九节钢鞭的东西，扎在悟空头上，悟空疼得大叫一声跑开，八戒、沙僧也败下阵来。

女妖得胜回洞后，又逼唐僧成亲。唐僧不理睬她，她就把唐僧绑到柱子上。悟空忍痛又变成蜜蜂飞到洞里，见女妖正在熟睡，想救师父出去。说话声惊醒了女妖，悟空连忙飞出洞外，把师父的遭遇告诉师弟，八戒一耙把那洞门打了九个窟窿。女妖提着双叉跳到洞外，又使出昨天的本领，在八戒的嘴上扎了一下，八戒疼得捂着嘴就跑。

悟空正不知道该怎么办时，观音菩萨来了。她告诉悟空，女妖是个蝎子精，让悟空去天宫请昴日星官来降妖。悟空立刻上天，请来了昴日星官。又把女妖引出洞来，昴日星官站在高坡之上，把身子一摇，变成一只大公鸡，“咕，咕——”高叫两声，那女妖听了身子一抖，现出了蝎子的原形死在坡前。

悟空师兄弟杀到洞中，放了被女妖抓来的大小丫环女童，救了师父，一把火烧了琵琶洞，继续向西天赶路。

知识链接

昴日星官是做什么的？神话中说，昴日星官是二十八宿之一，住在上天的光明宫，本相是六七尺高的大公鸡。神职是“司晨啼晓”，就是早上天亮时啼叫报晓。

三借芭蕉扇

唐僧师徒继续赶路，又走了许多时日，他们越走觉得越热。一打听，才知道到了火焰山附近，山上八百里火焰，无人能过。当得

知离此一千里处有个翠云山芭蕉洞，洞主铁扇公主有把芭蕉扇，能扇灭火焰时，悟空驾云来到翠云山。原来，这铁扇公主叫罗刹女，她是牛魔王的妻子。

罗刹女听说孙悟空来了，立即拿着青锋宝剑，走出洞门指着孙悟空就骂，怪他不该收服红孩儿。罗刹女不肯借宝扇，还和悟空在山中打了起来。

罗刹女自然不是大圣的对手。只见她偷偷取出芭蕉扇，扇了几下，一阵狂风，把悟空吹出十万八千里。直到悟空抱住一块山峰才停下来。悟空看看自己来到小须弥山，想起灵吉菩萨就住在这里，决定去向他请教。

说来也巧，灵吉菩萨有一颗定风丹，听了悟空的述说，把定风丹借给了悟空。悟空把定风丹放在怀里，又回来找罗刹女借扇子。罗刹女再用扇子扇大圣，大圣竟然纹丝未动。罗刹女有点心慌，连忙收起宝贝逃回洞里。罗刹女想

【成长智慧】

任何人的前进路上都不会是一帆风顺的，多经历一些磨难，才会懂得更多道理，才能真正成长。挫折和困难并不可怕，只要我们勇往直前，它们会向我们低头的。

喝口茶，悟空变只小虫，飞到茶水里，趁罗刹女张嘴喝茶的时候，钻到她肚子里子。在罗刹女肚子里连踢带打，痛得罗刹女哭天喊地，终于答应借扇子。

悟空拿着扇子来到火焰山下，可越扇火越旺，差点烧到他们师徒。当地的土地神告诉他们，扇子是假的，要想借到真扇子，就得到积雷山摩云洞找牛魔王。

牛魔王也怪悟空收走他的儿子，拿着混铁棍劈头就打悟空。悟空举棒相迎，两人打得**难分难解**。后来，大圣乘牛魔王去龙宫赴宴的机会，偷了他的辟水金睛兽，变成牛魔王，到罗刹女那里骗取了芭蕉扇，得到了扇子变大的咒语，跑出洞外。悟空把扇子变大，却不会变小，只好扛在肩上，往火焰山走去。

> **词语积累**
>
> **难分难解**（nán fēn nán jiě）
>
> 指双方争吵、斗争、比赛等相持不下，难以分开。有时也形容双方关系十分亲密。出自明·许仲琳《封神演义》：“三将大战，杀得难解难分。”
>
> 例句：这盘棋下了两个多小时，两人杀得难分难解，不分上下。
>
> 近义词：难解难分。
>
> 反义词：若即若离、互不相干。

牛魔王找不到辟水金睛兽，猜想是悟空偷去了。便驾云直奔翠云山找罗刹女。罗刹女在悟空面前出了丑，把牛魔王臭骂了一顿。牛魔王气得七窍生烟，变成猪八戒的样子赶上悟空，悟空正心里高兴，见八戒来了，就把扇子交给了他。

牛魔王接过芭蕉扇，把扇子变小藏好。悟空发现上当大惊，挥动铁棒，劈头就打，真八戒前来助战，牛魔王招架不住，跑回摩云洞。

悟空、八戒把牛魔王的洞门砸碎，牛魔王出洞迎战。他挡不住铁棒和钉耙，多般变化，都被大圣识破，最后现出原身，变成一头大白牛，两只牛角像塔一样，身高八千多丈，悟空也立刻变得身高万丈，手拿大铁棒，朝牛魔王打去。他俩惊动了天上的神仙，众仙纷纷下界来帮助悟空。哪吒甩出风火轮挂在牛角上，吹起真火，痛得牛魔王乱叫。李天王用照妖镜照住，牛魔王再也不能动弹了，只好老老实实交出宝扇。悟空用宝扇断绝火根，火焰山上下起了蒙蒙细雨。

灭了大火，悟空把宝扇还给罗刹女，唐僧师徒收拾好行李继续上路了。

知识链接

火焰山位于我国新疆境内，维吾尔族人称为“红山”。此山绵延100多千米，最宽处达10千米，平均海拔500米左右，主峰海拔831.7米。火焰山光山秃岭，寸草不生，飞鸟匿踪。每当盛夏，红日当空，赤褐色的山体在烈日照射下，砂岩灼灼闪光，炽热的气流翻滚上升，就像烈焰熊熊，火舌撩天，故又名火焰山。火焰山是中国最热的地方，夏季最高气温高达48摄氏度，地表最高温度高达70摄氏度以上，沙窝里可烤熟鸡蛋。

遇险小雷音寺

师徒们翻山越岭，来到了一座大山旁。云雾中隐隐传来敲钟击磬的声音。寻声而去，来到一座庙宇前。墙上露出“雷音寺”三个字。唐僧以为到了仙界，下马就拜。

悟空仔细看，原来是“小雷音寺”。他见这里有凶气，极力劝阻师父别进去。唐僧还是和八戒、沙僧一步一拜进了大殿，只有悟空站在一旁不理。高坐在莲花台上的如来佛喊：“悟空还不下拜？”悟空看他是妖怪变化的，心中一惊，举起棒就打。原来，那如来是一个黄眉老妖怪变的。黄眉老妖怪用金铙扣住悟空，那些假神仙一拥而上，把唐僧等人全都绑了起来。

【成长智慧】

在人们看来那些不可逾越的困难和挫折，总可以用智慧去战胜、去超越的。世界上从来就没有什么救世主，一切全靠我们自己。

黄眉怪把金铙放在莲花台上，说三天三夜后悟空就要化成浓血，悟空在金铙里怎么想办法也出不来。悟空变大，金铙变大；悟空变小，金铙就变小。把金箍棒变成锥子去锥也不行。悟空只好念动咒语，叫来了五方揭谛、护法伽蓝等神仙，让他们想办法弄开金铙。可是他们掀了半天也掀不动。金头揭谛上天奏明玉帝，玉帝又派二十八宿下凡，二十八宿对着金铙斧劈刀砍，仍然没有用。亢金龙把他的龙角变得像针尖一样，顺着金铙合缝口，硬穿进去，悟空在亢金龙的角尖上钻一个洞，才从金铙里出来了。

悟空变回原身，把金铙打得粉碎。黄眉怪舞动狼牙棒和悟空打在一起。各路神仙也亮兵器帮助悟空，没想到黄眉怪从腰上扯下一个布口袋向空中一抛，把悟空和各路神仙统统装了进去，拿进洞里，绑了起来。

悟空乘看守的小妖怪打瞌睡时，用了个法术，挣脱绳索，为师父和众神松了绑。众神拥着唐僧，用法术刮起一阵狂风离去。黄眉怪发现后，领着小妖怪追了出来，又把众神仙和唐僧师徒收到口袋里。悟空跑得快，没被捉住。

为救师父和众神，悟空到武当山，请来了龟、蛇二将和五大神龙，又去国师王菩萨那里，请来了法力无边的小张太子，结果这些神将都被黄眉怪收到口袋里。悟空没了办法，站在山坡上懊恼。一

朵彩云从西南方飘来，弥勒佛到了。

原来，黄眉怪是弥勒佛跟前敲磬的一位黄眉童子。前几天偷走了弥勒佛的后天袋，逃到这作怪。弥勒佛与悟空定下一计。悟空来到小雷寺音叫骂，把黄眉怪引到一片瓜田里，悟空就地一滚变成西瓜。黄眉怪追过来要吃西瓜，弥勒佛就把悟空变的西瓜摘给他。乘那妖怪张口咬瓜时，悟空钻进他的肚子里一顿拳打脚踢，疼得那黄眉怪**龇牙咧嘴**，在瓜地里滚来滚去。这时，弥勒佛变回原相，黄眉怪见了慌忙跪下哀求。弥勒佛把妖怪装进袋里，系在腰上，将金铙恢复原样带走了。

悟空救出师父和众神仙，并谢过他们后上路了。

词语积累

龇牙咧嘴（zī yá liě zuǐ）

- 张着嘴巴，露出牙齿。形容凶狠或疼痛难忍的样子。出自明·吴承恩《西游记》第五回：“即龇牙咧嘴道：‘不好吃！不好吃！’”
- 例句：摔了一跤的小明痛得龇牙咧嘴。
- 近义词：凶神恶煞、青面獠牙。
- 反义词：喜笑颜开、眉开眼笑。

知识链接

真实的雷音寺在哪里？今天，国内有多处雷音寺，比如永靖雷音寺、敦煌雷音寺、潮州雷音寺、峨眉山雷音寺等。这些雷音寺修建的年代不一。原寺多数都毁坏了，现存的大多是近些年才修建的。比如，敦煌雷音寺位于敦煌市，古时在月牙泉附近，后被风沙所埋，1989年重建。永靖雷音寺位于永靖县盐锅峡镇小茨村黄河和湟水河的交汇处，创建于唐初，后来毁于战火，2002年重建。

悟空当神医

战胜黄眉怪后，不一日，唐僧师徒来到朱紫国。喜欢热闹的悟空闲不住，和八戒到街上闲逛。见鼓楼下围着一大群人，悟空也好奇地钻进去看看。原来，大家都在看皇榜，国王得了重病，正在寻找神医。

悟空施展隐身法上前揭了皇榜，偷偷地塞到八戒的怀里。守卫不见了皇榜，到处寻找，发现在八戒的怀里，就拉着他去给国王治病。八戒知道这是悟空在捉弄他，就叫上悟空。悟空**手到病除**，只给国王吃了三颗小药丸，就治好了国王的病。

词语积累

手到病除（shǒu dào bìng chú）

刚动手治疗，病就好了。形容医术高明，也比喻问题解决得迅速。出自元·无名氏《碧桃花》第二折：“嬷嬷，你放心，小人三代行医，医书脉诀，无不通晓，包的你手到病险除。”

例句：这件事让刘冬去做，保证手到病除。

近义词：药到病除、起死回生。

反义词：病入膏肓、无济于事。

原来，三年前，麒麟山獬豸（xiè zhì，古书上指没有脚的虫）洞妖怪赛太岁抢走了国王貌若天仙的金圣宫娘娘，国王得的是相思病。悟空决心降伏妖怪，把娘娘接回来。悟空正在和国王说话，忽然看见南边天空尘土飞扬，狂风乱作，文武百官都惊叫起来：“妖怪来了！”悟空跳到空中，知道这妖怪是赛太岁的先锋官。没几个回合，妖怪就被打跑了。悟空找国王要了一件金圣娘娘的随身物品作信物，立刻去麒麟山营救娘娘。

路上遇到一小妖，悟空从小妖口中探知赛太岁有三个金铃，分别能放火、放烟、放沙，挨着就得死。悟空打死那小妖，扮做小妖模样，来到獬豸洞，找机会见到金圣娘娘，拿出信物，告诉娘娘自己是来救她的。两人商量好盗取妖怪金铃的办法。

【成长智慧】

当别人遇到困难时，如果我们有能力，就应该伸手去帮助一下别人。常言说，帮助别人就是帮助自己。多帮助一下别人，自己也可以多获得一份快乐。

金圣娘娘让人准备好酒宴，叫侍女找来妖怪，要陪妖怪饮酒。妖怪心里高兴，悟空变成丫环在一旁端酒送菜。借机拔下一把毛，念动咒语，变成无数个虱子、跳蚤、臭虫，扔在妖怪的身上。妖怪被咬得奇痒无比，娘娘就劝他脱下衣服，妖怪把衣服脱光，露出随身的三个金铃，金铃上也爬满了虱子。只好把三个金铃解下来，递给丫环帮助捉虱子。司空接过金铃藏了起来，拔了一根毫毛变成三个假金铃，递给妖怪。

悟空得了妖怪的宝贝后就念动真言，出了獬豸洞，站在洞前大叫，让赛太岁把金圣娘娘交出来！妖怪提着一把宣花斧来战悟空。

战了一会儿，妖怪体力不支，回洞取出金铃，对悟空开始晃动，可是怎么晃动也不喷火，也不冒烟，也不流沙。妖怪慌了手脚，不知所措。悟空从腰间把三个真的金铃解下来，一齐摇动，一时间，烈火、青烟、黄沙同时喷出，震天动地，把那个赛太岁吓得魂飞魄散，想逃命，却又走投无路。正在这时，观音驾着祥云而来，对悟空说：“不要烧死它，它是我的坐骑金毛！跑到这里兴风作怪。”

观音收了金毛，找悟空要回三个金玲，骑上金毛走了。悟空救了娘娘回皇宫。和师父换了关文，又上路了。

知识链接

驿馆：驿站的客舍。为古代供传递政府文书的人中途更换马匹或休息、住宿的地方。同今天的一些宾馆、旅店的一些功能。我国古代关于记载驿馆的诗文很多，比如，元朝诗人王恽的《仪封道中》诗：“驿馆残釭曙色分，马驮残梦走踆踆。”《水浒传》第一回：“风和日暖，时过野店山村；路直沙平，夜宿邮亭驿馆。”

盘丝洞大战女妖

唐僧师徒离开了朱紫国，又走了许多天，来到一座庄院前。唐僧要自己去化斋，没想到，院子里的七个女子给他端来的是腥气扑鼻的人肉、兽肉，吓得唐僧要走，女子们却把唐僧捆绑起来，吊在梁上，又从口中吐出丝线，织成一张大网，把门封了起来。

悟空等了很久不见师父回来，又见庄院放出异样的白光，就知道师父遇到了妖怪。叫来本地的土地神，知道这里叫盘丝洞，洞里住着七个女蜘蛛精。八戒听说是女妖精，提着钉耙就往盘丝洞方向跑去。七个女妖正在洞里的水潭

【成长智慧】

在我们的人生旅途中，坚持不一定成功。但是，不坚持，一定不会成功。什么事情都没有一帆风顺的，看我们是不是有一个坚持的态度！

中嬉笑洗澡，说洗得干干净净回去吃唐僧肉。

见来了个又黑又胖和尚，她们一齐吐出丝线把八戒的手脚缠起来。八戒使劲挣扎，好半天才解开那丝线。于是，找到悟空和沙僧，三人一起进了盘丝洞。杀了那些守洞的小妖，从梁上救下师父，可那些洞里的女妖们却无影无踪。他们一把火烧了盘丝洞，继续往前走。

没走多远，路过一处道观，门上写着“黄花观”。这观中的老道是盘丝洞七女妖的师兄，女妖们早就到这来求救了，那老道把下了毒药的茶水给师徒们喝。多亏悟空长了个心眼，发现老道有鬼，假装喝了。果然，不一会儿，八戒、沙僧、唐僧都昏倒在地。

悟空拿问老道为何下药，老道说要为师妹们报仇。说完拔剑就砍悟空，七个女妖也来助战。悟空力战群妖，越战越勇。女妖吐出丝线在悟空上方织成一个大网。悟空拔下一把毫毛，变成无数个悟空，每人拿一根双角叉棒，向丝网乱打。一会儿丝网全被打烂了，从里面拖出来七只大蜘蛛，一个个缩成一团，直喊“饶命！”

悟空命令老道交出解药。老道不给，还说要吃唐僧肉。悟空大怒，挥动金箍棒，把蜘蛛精全部打死。那老道不是悟空的对手，施展起法术，两眼射出万道金光，悟空被照得头昏眼花，**左冲右突**都躲不开，只好钻到地下，才保住了性命。

钻出地面，悟空只觉得浑身疼痛，没有力量，正不知如何救师父时，一位老婆婆告诉他紫云山千花洞有位菩萨叫毗蓝婆，能够收服这妖怪。悟空连忙驾筋斗云来到紫云山千花洞。找到毗蓝婆菩萨，说明了来意。两人一起驾云来到黄花观。老道再一次眼放金光

词语积累

左冲右突（zuǒ chōng yòu tū）

向左边冲击，向右边突围。形容突围时的艰苦。出自明·罗贯中《三国演义》第五十七回：“马休随着马腾，左冲右突，不能得出。”

例句：小分队左冲右突，终于冲出了敌人的包围圈。

近义词：左冲右撞。

反义词：平平缓缓。

时，毗蓝婆菩萨取出一根绣花针扔到空中，只听一声巨响，破了金光。那老道也现了原形，原来是只蜈蚣精。毗蓝婆用解药救醒了唐僧师徒，收了蜈蚣精，驾云回山去了。悟空一把火烧了黄花观，师徒四人又上路继续西行。

知识链接

蜘蛛丝，蜘蛛的肚子里有许多丝浆，它的尾端有很小的孔眼。结网的时候，蜘蛛便将这些丝浆喷出去。丝浆一遇到空气，就凝结成有黏性丝线，无论什么飞虫，一撞到网上就被粘住了。而蜘蛛的身上和脚上经常分泌出一层油质，黏丝是不粘油的。所以，蜘蛛网能牢牢地粘住飞虫却粘不住蜘蛛。据科学家研究试验，一束由蜘蛛丝组成的绳子比同样粗细的不锈钢钢筋还要坚强有力。它能够承受比钢筋还多5倍的重量而不会被折断。

君臣一夜变光头

师徒四人一直往西走。一天，在路旁柳荫下遇到一个老婆婆，他们上前打听路，婆婆告诉他们：“前面是灭法国。因为有个僧人诽谤国王，所以国王要杀一万个和尚，现在只差四个了。”婆婆劝他们：“别再往西走，往西是条死路。”悟空认出婆婆是观音菩萨，忙道谢。

悟空决定先去灭法国看看，他变成飞蛾，在一家旅店里偷了几件衣服、头巾回来，让师父们换上，师徒四人装扮成贩马的商人，

往城中走去。

他们找了一家店住下，悟空担心晚上睡觉后滚掉帽子，让人认出是和尚，就要个黑点的屋子睡。店主只好给他们找了一个大柜子，悟空让店家把白马也牵过来绑上，并把柜子锁上。

四个人在柜中睡不着，悟空就故意逗八戒说这次贩马一共赚了一万五千两银子。谁知，这话被店里一个和强盗串通的伙计听到了，给强盗报信。二十多个强盗来到店里没找贩马的人，见房中的大柜子不错，以为里边是金银财宝，用绳捆上，抬走了。途中，遇到了巡城的官兵，只得丢下柜子逃命。官军把柜子抬到总兵府，准备天亮报告国王。

悟空在柜子中和师父商量："明天如果打开柜子，灭法国国王见我们是和尚，我们就活不成了。今天晚上一定要想办法。"于是，悟空在柜子底钻了个小洞，自己变成蚂蚁爬了出

【成长智慧】

先贤曾子说："吾日三省吾身。"为什么要每天反省一下自己，因为每个人都有做错事情甚至发生过失的时候。关键的是要知道反省自己，以人为镜，彻底改正过失，这样我们才会成为一个优秀的人。

来，驾云头往王宫去了。

这时，王宫里的人都睡沉了。悟空用毫毛变了许多小悟空和瞌睡虫，分布在王宫内外，让全城所有的人都睡稳，又变成剃光匠把所有人的头发都剃光，而后又回到柜子里。第二天，皇宫里的宫女太监、皇后都没了头发，大家惊慌失措去见国王，见国王也成了光头，个个吓得**魂不附体**。国王只好传旨，不准把宫里人没头发的事说出去。没想到早朝时，所以文武官员也都没了头发，君臣都十分惊慌，都说这是杀和尚造成的，以后再不敢杀和尚了。

词语积累

魂不附体（hún bù fù tǐ）

灵魂离开了身体。形容极端惊恐或在某种事物诱惑下失去常态。出自元·乔梦符《金钱记》第一折："使小生魂不附体。"

例句：听了婆婆说的鬼怪故事，小玲吓得有点魂不附体。

近义词：六神无主、魂飞魄散。

反义词：无动于衷、神态自若。

这时，巡城总兵报告昨晚捉贼并缴获柜子的事。国王命令打开柜子，只见四个和尚从柜子里出来。国王忙走下宝座同文武官员一起拜见，并问来历，唐僧一一说明，又讲了在柜中的经过。国王说自己杀和尚，没想到自己也成了光头，自己以后一定好好对待和尚。唐僧让他给换了关文，并把国名"灭法国"改为"钦法国"。国王大喜，设宴款待唐僧师徒。

知识链接

和尚与僧人什么区别？僧人是一般的佛教出家人，几乎所有剃发受戒的佛教出家人都能称为"僧人"。但大多数僧人都不能称为"和尚"，因为"和尚"是对精通佛法、修为较高、道德高尚、地位较高的僧人的尊称。"和尚"原意是"师"，是一个尊称，要有一定资格堪为人师的僧人才能够称和尚。

天竺国擒玉兔

一天傍晚，唐僧师徒来到布金禅寺投宿，在那里遇到了天竺国的公主，知道他们已经进入天竺国了。寺院的院主告诉唐僧师徒，他救了天竺国的公主，公主思念父王，想回宫去，不知道什么原因，天竺国还有一个和她一样的公主。

原来，广寒宫捣药的玉兔，私自下界，在毛颖山中**兴妖作怪**，手使一条名叫捣药杵的短棍，善于变化。她抓走了天竺国公主，扮成公主。知道唐僧取经要路经天竺国，想招唐僧为婿，采唐僧元阳真气，以便得道成仙。

> **词语积累**
>
> **兴妖作怪**（xīng yāo zuò guài）
>
> 比喻坏人破坏捣乱，或坏思想扩大影响。出自明·周辑《西湖二集·救金鲤海龙王报德》：“巡海夜叉道：‘你那里得这几件物事，在此兴妖作怪！’”
>
> 例句：通过调查，知道这件事是几个小混混在兴妖作怪。
>
> 近义词：兴风作浪、惹是生非。
>
> 反义词：风平浪静、相安无事。

师徒在天竺国皇城的驿馆，听说当天公主在十字街头抛绣球招驸马。为了分辨出真假公主，悟空领着师父随着人潮挤到彩楼前面。这个假公主见唐僧来到彩楼下，就把绣球一抛，不偏不斜正好落在唐僧的头上。孙悟空陪唐僧随宫女入宫，想找国王倒换关文。

来到王宫，唐僧说明了自己的来历，请求国王给他倒换关文。国王本想放了唐僧，可是假公主不答应。国王只好传旨，选择良辰吉日，给公主和唐僧举行结婚大典。唐僧一听急了，悟空告诉师父他有办法。

婚礼那天，悟空变成一个蜜蜂到金殿去保护师父。唐僧知道悟空在自己身边，就松了口气。公主出来见面，悟空一见是妖怪，现了原样，抓住假公主大骂！

那个妖精见自己被识破，挣脱了悟空的手，拿出了一根短棒子来打悟空。两个人从地上一直打到空中，吓得文武百官们胆战心惊。这时，唐僧才告诉国王，说这个公主是假的。

【成长智慧】

学会感恩，感恩社会、感恩自然、感恩一切给我们带来美好的人和物。常怀感恩之心和致谢之情，才能每天拥有阳光，每天知足常乐，每天都有朋友相伴，每天才会有幸福相随。

打了一会，妖精变成一道清风向毛颖山逃去。悟空一路追赶，在土地神的帮助下，在一个大洞里找到妖精。他们又打了十几个回合，那妖精早已支撑不住，悟空挥棒正要往下打，突然听到天空有人大声喊："悟空，棒下留情！"原来是太阴星君和嫦娥仙子来了。

太阴星君让玉兔显出了原形，让天竺国的国王看看这变成假公主的玉兔，而后带着玉兔回月宫去了。悟空到布金禅寺把真公主带回来。国王高兴不已，叫来画师，画下了唐僧师徒的容貌，供奉在华夷阁上。又叫公主穿戴整齐，拜谢唐僧师徒的救难之恩。

知识链接

天竺，是古代中国以及其他东亚国家对今天印度和其他印度次大陆国家的统称。在中国历史上，对印度的最早记载在《史记·大宛传》，当时称为身毒（印度梵文Sindhu的译音）。《山海经》记载："西方有天毒国。"《后汉书·西域传》记载"天竺国一名身毒"。唐初统称为天竺。

师徒四人取得真经

师徒又走了许多天，忽然看见前面高楼耸立，云阁冲天。悟空说：“师父，取经的地方到了，师父快下马。”唐僧一听慌忙下马，来到楼阁前。金顶大仙让唐僧等人沐浴更衣后，才将他们引上法门。他们路过一条波浪翻滚的大江，在“凌云渡”，接引佛引领唐僧脱了凡胎，才来到如来佛祖的雷音寺山。如来叫八大菩萨、四大金刚、五百罗汉、三千揭谛、十一大曜、十八伽蓝排成两行，迎接唐僧师徒进殿。接见完毕，如来佛祖让阿傩、伽叶两位尊者领唐僧到珍楼宝阁领取经书。可因为唐僧没有送东西给他们，他们给了唐僧无字经书。

多亏燃灯古佛，他故意用一阵风把唐僧的书散落在地，唐僧才知道是无字的空本，悟空回雷音寺向如来佛告状。如来佛听后笑着告诉他们：“经不能随便传，也不能随便取，是应该交点费的。你们只管再找阿傩、伽叶取有字真经便是了。”来到传经宝阁后，阿傩、伽叶仍旧要东西。唐僧只好拿出紫金钵盂给他们。如来请灵山众佛、圣僧召开传经大会，传经会散后，送唐僧师徒上路了。按约定，唐僧师徒到大唐送完经书后马上要回来归位，而且来回的时间只有八天了，如来忙令四大金

【成长智慧】

做任何事情都不会是一帆风顺的，想成就一番事业者，更会历尽苦难，但只要痴心不改，壮志不移，一往无前不认输，无论多么艰难，最后的成功定会属于我们。

刚驾云送圣僧回国，八天内必须返回。

四大金刚带上唐僧师徒驾云而行。一天一夜后，揭谛赶了上来，凑在金刚耳边说了几句话。金刚听后，把云收住，唐僧师徒四人连马一块摔在地上。

原来，佛门九九归真，观音菩萨发现唐僧只受了八十难，还少一难，所以告诉金刚，让唐僧再遇一难。落地后，唐僧发现到了通天河西岸，正愁没有办法过河时，去时驮他们过河的大白赖头龟又来帮忙。可唐僧忘了给老龟托他向如来佛祖打听它修成人身的事，老龟一生气，把身子一沉，唐僧师徒全部掉到水里，经卷也都弄湿了。

幸亏唐僧已经脱了凡胎，没有沉下去，大家保护师父上了东岸，忙打开经包袱晾晒经书。刚刚上路，金刚们又来了，驾云不到一天就把他们师徒送到了东土大唐。四大金刚在空中等待，让唐僧师徒去传经。

这天，唐太宗刚好来望经楼，忽然看见西方满天瑞气，远远见唐僧师徒过来，忙率领文武官员迎接。满城的人都知道取经人回来了，纷纷出来观看。唐太宗命官员把经书送到雁塔寺，自己亲自到雁塔寺，要听唐僧诵经。可还没等唐僧诵读，四大金刚现身空中，叫唐僧师徒跟他们速速回去。四大金刚驾云，带着唐僧师徒和白马返回灵山，向如来佛祖交了金旨，来回刚好八天。

如来把唐僧封为旃檀功德佛，孙悟空封为斗战胜佛，猪八戒封为净坛使者，沙和尚封为金身罗汉，白马封为八部天龙。各归佛位，超脱凡尘。师徒四人取得真经，**功德圆满**，天下传颂。

词语积累

功德圆满（gōng dé yuán mǎn）

多指诵经等佛事结束。比喻所做的事情圆满成功。出自：隋·隋炀帝《入朝遣使参书》：“奉五月二日诲，用慰驰结，仰承衡岳，功德圆满，便致荆巫。”

例句：大家的矛盾都化解了，我也算功德圆满了。

近义词：寿终正寝、善始善终。

反义词：前功尽弃、功败垂成。

知识链接

佛教四大金刚，分别是：五台山秘魔岩神通广大泼法金刚，峨眉山清凉洞法力无量胜至金刚，须弥山摩耳崖毗卢沙门大力金刚，昆仑山金雫岭不坏尊王永住金刚。

三国演义人物谱

曹 操： 为全国尽快统一，一生征战不止。他任性好侠、放荡不羁，不修品行，是治世之能臣，乱世之枭雄。

刘 备： 他为人谦和、礼贤下士，宽以待人，志向远大，知人善用，素以仁德为世人称赞，是三国时期著名的政治家。

关 羽： 跟随刘备起兵，忠心不二，勇猛无敌，很讲忠义，深受刘备信任。曾水淹七军、擒于禁、斩庞德、威震华夏，后世尊崇为“武圣”。

张 飞： 勇猛、鲁莽，但颇有胆识，善用奇兵。性如烈火，嫉恶如仇，性格直爽且有谋略。

桃园三结义

汉朝末年，黄巾军在各地起义，天下大乱。朝廷腐败无能，竟然招不到足够的兵将去对付起义军。朝廷只好下旨，让各地官员招募青壮年男子从军。

在涿县，有一个叫刘备的英雄看到征兵榜文，在榜文前驻足良久。刘备是汉中山靖王的后代，汉景帝玄孙。到他这一代流落民间，成为了平民。

刘备此时已经二十八岁，气度不凡，沉默寡言，胸有大志，靠编制草鞋、草席换钱奉养老母。看到榜文，刘备不禁发出一阵长叹。正在此时，听到身后有一个洪亮的声音说：“大丈夫不为国效力，为什么要在这里独自叹息？”

刘备转身一看，身后是一个豹头环眼的黑大汉，刘备上前打招呼。攀谈中得知，黑大汉名叫张飞，字翼德，家中有些田产，仗义疏财，喜欢结交朋友。两个人找了个酒馆边吃边谈志向。两人**惺惺相惜**，都想报效国家。于是决定招募些乡勇，共成大事。

正聊得投机时，酒店又进来了一大汉，让小二快些给自己斟酒来吃，吃完了要进城投军，杀敌报国。刘备打量眼前这位大汉，看到

词语积累

惺惺相惜(xīng xīng xiāng xī)

性格、志趣、境遇相同的人互相爱护、同情、支持。出自：元·王实甫《西厢记》：“他若是共小生，厮觑定，隔墙儿酬和到天明，方信道惺惺的自古惜惺惺。”

例句：两个从未见面的人互相倾慕，惺惺相惜。今日相见，真是缘分！

近义词：志同道合、心心相印。

反义词：离心离德、貌合神离。

他身长八尺，一对丹凤眼，卧蚕眉，威风凛凛，相貌堂堂。

刘备上前搭话，得知大汉名叫关羽，字云长。因为在家乡打死了一个恃强凌弱的豪强，逃了出来，靠做些小买卖生活。看到城里张榜招兵，就想报名参军，为国效力。

刘备听了大喜，忙把关羽请过来，三人畅谈许久，志趣相投，很快就成了至交。张飞提议："我家后院有一处桃园。现在正是桃花盛开之时，我三人不如去那里，结拜为兄弟，然后共谋大事！"刘备和关羽齐声赞同。于是，三人一起来到桃园，张飞命家人摆好香案，三人一起跪在此地，焚香盟誓，齐声向天祷告："刘备、关羽、张飞三人，今天结为异姓兄弟，报效国家，安抚百姓，不求同年同月同日生，但求同年同月同日死。"

结拜完毕，按照年龄排出长幼。刘备为大哥，关羽排行老二，张飞最小。而后，张飞拿出全部家产，打造了兵器，购买了马匹。刘备给自己打了一对双股剑，关羽打造了一把青龙偃月刀，张飞打造

【成长智慧】

巴斯德说："立志、工作、成就，是人类活动的三大要素。立志是事业的大门，工作是登堂入室的旅程。这旅程的尽头有个成功在等待着，来庆祝你的努力结果。"因此，成长中的我们首先要立志，要有远大的理想，这样才能成就一番事业。

了一杆丈八蛇矛。他们召集了一支500人的部队，刘备拉起这支部队，参加剿灭黄巾军的战斗。从此，刘备、关羽、张飞三人踏上了建功立业的征程。

知识链接

汉朝，是中国历史上继短暂的秦朝之后出现的一个朝代，分为“西汉”与“东汉”两个历史时期。西汉为汉高祖刘邦所建立，建都长安。其间王莽篡汉，自立为皇帝，建立新朝，西汉结束。东汉为刘邦的后代，汉光武帝刘秀所建立，建都洛阳。

曹孟德献刀

刘、关、张结拜后，三国英雄纷纷出场。西凉刺史董卓，残暴凶狠，常常想自己当皇帝。他手下有二十万大军，是绝对的实力派。董卓乘着朝中外戚、宦官争权夺利之际，打着护卫皇权的旗号进军京城洛阳。董卓进洛阳后，废掉少帝刘辩，立陈留王刘协为献帝，自封为相国，控制了朝廷的大权。

董卓的兵马十分

【成长智慧】

每个人的成长过程中都有一些影响人生的关键时刻，能不能把这些关键时刻把握好，这决定一个人的命运。命运说是天定，实则人为，要想把握自己的命运，就是在最关键的时候，接受现实，挑战现实，付出努力，开拓进取。

凶残，在城中烧杀抢掠，无恶不作。朝廷中一些忠于汉室、正直的大臣，千方百计要除掉董卓，但都没有成功。“顺我者昌，逆我者亡”，一些不顺从大臣都被他杀掉了。

董卓有个干儿子叫吕布，是三国时第一猛将，任何人近身不得。吕布时刻保护着董卓，使得想对董卓下手的人都非常畏惧。

朝中有一个骁骑校尉曹操，字孟德，多权谋、善机变，一直在谋划刺杀董卓。曹操假意和董卓亲近，取得了董卓信任，因而有机会可以在董卓的近旁活动。一天，董卓找曹操商量事，曹操觉得这是个机会，于是随身暗藏了一口七星宝刀，来至相府。曹操直接来到董卓休息的小阁中，见董卓坐于床上，义子吕布侍立于旁边。董卓问道：“孟德为何来迟啊？”曹操小心翼翼地答：“我的马实在太老了，走得太慢，所以来迟了。”董卓听了，就命吕布去给曹操选一匹西凉好马，吕布领令出去。曹操心中暗想：“这可是绝好的机会，董卓老贼该死。”于是就想拔刀行刺，他又害怕董卓力气大，没敢轻举妄动，只好站在一边和董卓说着话。

词语积累

小心翼翼（xiǎo xīn yì yì）

严肃恭敬。形容做事谨慎小心，一点不敢疏忽。出自：《诗经·大雅·大明》：“维此文王，小心翼翼。”

例句：老师问刘京为什么旷课时，他小心翼翼地回答着老师。

近义词：谨小慎微、如履薄冰。

反义词：粗心大意、掉以轻心。

董卓是个胖子，坐一会就累了，于是就倒身躺下，转面向内。曹操见他面朝内侧。于是急掣宝刀在手，正要上前行刺。不想，狡猾的董卓从对面的衣镜中，看见曹操在背后拔刀，急忙回身问道：“孟德你想干什么？”此时吕布已牵马来到阁外，曹操急中生智，忙持刀跪在董卓床前说道：“我有宝刀一口，今日特来献给恩相。”董卓接过刀看了看，见这把刀一尺多长，七宝嵌饰，极其锋利，果然是一口宝刀。董卓顺手递于已进屋的吕布收了，曹操忙解下刀鞘交给吕布。

董卓下床，领着曹操出来看马。曹操此时已心惊胆战，赶忙道谢，想尽快离开董卓。于是他对董卓：“愿借试一骑。”董卓应允。曹操牵马走出相府，急忙翻身上马，加鞭往城外飞奔而去。

曹操走了一会儿了，董卓和吕布说起曹操献刀的事，猛然想到：“这曹操不是来行刺我吧？”于是派人去捉拿曹操，但曹操早就逃出城外，消失得无影无踪了。

知识链接

西凉在什么地方？西凉是凉州的别称，在中国的西部，故称西凉、西州。意为“地处西方，常寒凉也”。中国历史上的“凉州”，不仅仅是今天的甘肃凉州区，自汉朝建郡以来，其疆域，时大时小。名字也换了多次，如武威、姑臧、西凉、前凉等。

温酒斩华雄

【成长智慧】

不得人心的事情，会得到天下人的反对。由此及彼，我们做任何事情，也要考虑这件事会不会得到大家的支持，或者是不是对大家有益。对大家无益的事情，大家反对的事情，我们就不应该去做。

曹操跑出京城后，回到自己的家乡招兵买马，号召天下英雄共讨董卓。天下十七路诸侯响应了曹操的号召，公推袁绍为盟主，以长沙太守孙坚为先锋，组成联军进军京城，讨伐董

卓。很快，大军就到了汜（sì）水关。

董卓闻讯后，立即派骁骑校尉华雄率兵来汜水关迎战。华雄甚是勇猛，十分厉害，第一阵交锋就斩了联军的两员大将，并把先锋孙坚打得狼狈而逃。慌乱中，孙坚头巾还被华雄挑了去。得知孙坚吃了败仗，众诸侯大惊，孙坚也伤感不已："这华雄实在太厉害！"盟主袁绍这时也束手无策，只好召集大家商议退敌之策。众诸侯也毫无办法，皆闭口不语。

正在这时，探子来报："华雄率军挑着孙坚的头巾来挑战。"袁绍问："谁敢出战？"袁术的部下骁将俞涉说："小将愿去。"

袁绍让俞涉当心，可俞涉与华雄没有战上三个回合，就被华雄斩了。这时，韩馥对袁绍说："我部下上将潘凤十分英雄，可以战胜华雄。"于是，潘凤手提大斧出战，不多时候，又被华雄斩了。诸侯们大惊失色，谁也不敢再出来应战了。袁绍叹息着说："可惜我的部下上将颜良、文丑没来，他们哪怕来一个人，都可以打败华雄啊！"

词语积累

大惊失色（dà jīng shī sè）

非常吃惊害怕，脸色都变了。出自：《汉书·霍光传》："群臣皆惊愕失色，莫敢发言。"

例句：看见几个同学过马路时没走人行，一辆车紧贴着他们身边飞驰而过，刘明吓得大惊失色。

近义词：胆战心惊、心惊肉跳。

反义词：不动声色、从容不迫。

这时，站立在旁边的关羽高声叫道："小将愿意去砍下华雄的脑袋！"原来，刘、关、张结拜后，聚集了一些人马投奔了袁绍。刘备做了县令，这次他们也随袁绍出征。袁绍问来将是什么人，刘备解释说，这是自己的部下马弓手关羽。袁绍一听关羽不过是个马弓手，就生气地说："我们十八路诸侯，大将几百员，却要派一个马弓手出战，岂不让华雄笑话。"袁术在旁一听，也呵斥关羽胡言乱语！让部下把关羽赶出去！关羽大声说："我如果杀不了华雄，就请砍下我的脑袋。"曹操听了，十分欣赏。提议让关羽去试试，要是败了，

再处罚他也不迟。于是，曹操就倒了一杯热酒，递给关羽说：“将军喝了这杯酒，再前去杀敌。”关羽接过酒杯，又放在桌上说：“等我杀了华雄回来再喝吧！”说完，提着大刀上马去了。

诸侯们只听得外面战鼓声声，喊杀阵阵，真如天塌地陷，地动山摇一般。关羽武艺甚是高强，没一会儿，就砍下了华雄的脑袋。待关羽手提着华雄的头回来扔到诸侯们的面前时，曹操手中的那杯酒是还温热着的。

知识链接

汜水关在哪里？汜水关在今河南荥阳市区西北部16公里的汜水镇，属古成皋县。隋朝时改成皋县为汜水县，隋唐以后故有此名，又名虎关、武牢关、成皋关、古崤关。南宋时，名将岳飞曾与金军大战汜水关，射杀金将，大破其众。

三英战吕布

董卓听说大将华雄被斩了，急忙召李儒、吕布商议对策。然后，率领二十万大军，兵分两路直奔汜水关而来。一路由大将李傕、郭汜率守汜水关，只管守关不许出战。另一路由董卓自己带着李儒、吕布等来守虎牢关。袁绍派公孙瓒、曹操等一班人马去虎牢关迎战吕布。

两军列阵后，吕布出马。只见吕布手持方天画戟，座下嘶风赤兔马，真是英姿勃发，威风凛凛。几位诸侯的部将出马来战，都被

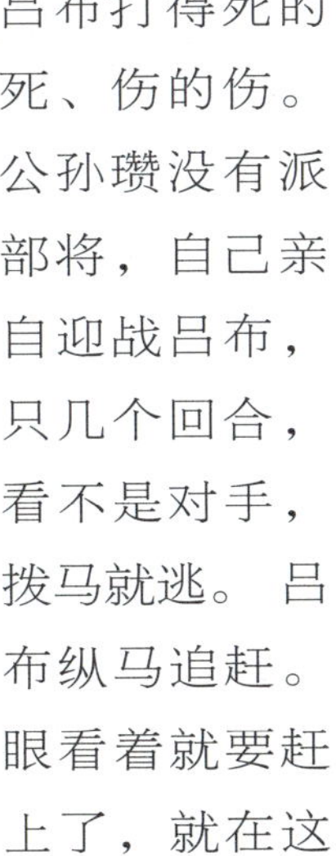

吕布打得死的死、伤的伤。公孙瓒没有派部将，自己亲自迎战吕布，只几个回合，看不是对手，拨马就逃。吕布纵马追赶。眼看着就要赶上了，就在这千钧一发之际，刘备的部将张飞，大喝一声，马已冲到吕布跟前，挺着丈八蛇矛就向吕布刺去。吕布放弃了公孙瓒，来战张飞。二人一连斗了五十多个回合，不分胜负。

这时，关云长看三弟一时不能得胜，把马一拍，舞青龙偃月刀，来夹攻吕布。三匹马厮杀到了一起，又战到三十多个回合，关张二人没有战败吕布。刘备看在眼里，心中暗想："此时我不出阵相助，更待何时！"于是，掣双股剑，骤黄骠马，刺斜里就冲出去砍吕布。这三个人围住吕布，转灯儿般厮杀起来，诸侯的兵马都看呆了。

吕布虽然英勇无双，是三国第一英雄，无奈独力难支。十余回合之后，已然招架不住，他向刘备面上刺一戟，趁着刘备躲闪的机会，飞马跳出阵而走。三人哪里肯舍，拍马赶来，

【成长智慧】

"人心齐，泰山移。""众人拾柴火焰高"等都说明了团结的重要。一个人就是一只筷子，一个集体就是一把筷子。一只筷子容易断，一把筷子断就难。团结就是力量。一个集体，只有团结起来才能化险为夷、战胜困难。

诸侯的军兵喊声大震，一齐掩杀过来。这时，董卓担心吕布吃亏，也赶紧**鸣金收兵**。吕布大军望虎牢关上奔去，刘、关、张及诸侯兵马乘胜追击，一路掩杀过来，将来不及进关的敌兵全部剿灭，然后带领得胜之兵回营。

虎牢关前，神将天威。刘、关、张三兄弟大战吕布，从此天下扬名。

词语积累

鸣金收兵（míng jīn shōu bīng）

鸣金，敲锣，古代作战收兵信号。用敲锣等发出信号撤兵回营。比喻战斗暂时结束。出自《荀子·议兵》：“闻鼓声而进，闻金声而退。”

例句：今天的劳动结束了，鸣金收兵，告诉大家好好休息，明天继续。

近义词：鸣金收军。

反义词：擂鼓进军。

知识链接

方天画戟，戟是中国古代的一种兵器，在戟杆一端装有金属枪尖 ，一侧有月牙形利刃通过两枚小枝与枪尖相连，可刺可砍，分为单耳和双耳，单耳一般叫做青龙戟，双耳叫做方天戟。方天戟因其戟杆上加彩绘装饰，又称画杆方天戟。方天戟使用复杂，功能多，需要极大的力量和技巧，集轻兵器和重兵器功能于一身，对使用者的要求很高。历史上，方天画戟通常是一种仪设之物，较少用于实战。

连环美人计

董卓受到各路诸侯的威胁，把汉朝的都城从洛阳迁到长安。准

备凭借天险，进则收复洛阳，退则回老家凉州。他在长安花费巨资修建郿坞。此坞靠山而建，城墙又高又厚，易守难攻。且内存大量粮食、兵器以及金银珠宝，足可支持20年。从此，董卓自称尚父，更加残暴狂妄。不但置老百姓的生死于不顾，对朝廷的大臣也是看谁不顺眼就杀死谁。众官们稍有不慎便会招来杀身之祸。

董卓的所作所为激怒了另一位英雄，他就是司徒王允。为不使董卓怀疑自己，王允一方面千方百计地接近董卓，骗取他的信任；另一方面，又谋划除掉董卓。

王允有个聪明美丽的义女貂蝉，她看到义父每天愁眉苦脸、唉声叹气的样子，就问王允有什么事情，自己能不能分担一些。王允见到貂蝉，心生一计，于是，他把貂蝉带到密室中，说自己打算除掉董卓老贼的事，希望她能够帮忙。貂蝉表示："女儿的命是父亲给的，无论做什么，女儿万死不辞。"于是，王允开始实施他的计划。

词语积累

千方百计（qiān fāng bǎi jì）

为达到某一目的，想尽或者用尽一切办法。出自：《朱子语类·论语十七》："譬如捉贼相似，须是着起气力精神，千方百计去赶他。"

例句：骗子千方百计地取得老爷爷的信任，把钱骗到了手。

近义词：想方设法、绞尽脑汁。

反义词：无计可施、束手无策。

王允先是给吕布送去大量珠宝，并邀吕布到自己家中做客。推杯换盏之际，让貌似天仙的貂蝉来陪伴，吕布一见貂蝉如天女下凡一般来到身边，马上就喜欢上了貂蝉。王允借机说："小女貂蝉，从小就仰慕英雄。如果将军喜欢，想把小女嫁给吕将军，不知将军意下如何？"吕布一听大喜。王允答应选个良辰吉日把女儿送到府上。

又过了几天，王允又用同样的计策将貂蝉献给了董卓，并让董卓把貂蝉带回相府。吕布听说后，问王允："为什么把女儿许配给我了，又献给我义父董卓？"王允装作无可奈何的样子说："董卓看上了小女，我哪敢说个不字呀。”吕布只好作罢。

从此，到了董卓那里的貂蝉故意引诱吕布，董卓发现吕布和貂蝉有问题，将吕布赶出去，不再用吕布作贴身侍卫。吕布总是设法接近貂蝉，一天，趁董卓不在家时，吕布直奔相府去找貂蝉。貂蝉表明自己曾发誓非将军不嫁，如今被董卓占有，无脸再面对吕布，说完就要跳荷花池。吕布一把抱住貂蝉，正在此时，怀疑吕布的董卓赶了回来。见此情景，拔剑就刺，吕布仓皇逃窜。貂蝉却对董卓说吕布想污辱我，我要跳水寻死，他却将我抱住不放。董卓大怒道：“非杀了吕布不可！”

【成长智慧】

无数的历史事实告诉我们，多行不义必自毙。一个人不可做恶事，不可做坏事，法律是无情的，做了坏事的人终会得到法律的制裁。

王允见吕布、董卓翻脸，就把吕布招至府中密谈一番，吕布同意除掉董卓。王允用计请董卓回朝议事。董卓进长安城门时，被吕布一戟穿透了咽喉。蛮横一世的董卓就这样结束了一生。

知识链接

司徒是什么官职？司徒是我国古代的一个重要官职名。汉元寿二年（公元前1年），改丞相为大司徒。西汉末至东汉初，以大司马、大司徒、大司空为三公。后来把“大”去掉，叫司徒。三国时期：太尉、司徒、司空为三公。司徒主管征发徒役，兼管田地耕作与其他劳役等相关事务。

煮酒论英雄

王允除掉董卓后，天下诸侯便开始了更加疯狂的争权夺利斗争。后来，曹操挟持了皇帝，迁都许昌，自任丞相，开始“挟天子以令诸侯”。曹操战胜了大大小小的诸侯，自成一方诸侯的吕布也被曹操灭掉。杀了吕布后，曹操带着刘、关、张三人回到许昌，刘备还和汉献帝论上了本家，汉献帝称刘备为皇叔，并让刘备在身边做事。曹操的谋臣劝他早日干掉刘备，曹操告诉众人：“都在我掌握之中，不用担心！”

在许昌无事可做的刘备在自己住的地方种了点菜。有一天，他正在菜园浇菜。曹操的大将许褚、张辽来请刘备去丞相府，刘备吃惊地问：“有什么急事吗？”许褚说：“不知道，只教我来请。”玄德只得随二人去见曹操。

到了之后，刘备才知道曹操请自己饮酒。两人在亭子里对座，边饮边聊。正好天边飘来一些云彩，曹操故意从云彩说到龙，又说到世上的英雄，刘备最担心曹操把他当对手，当英雄。如果那样，别说要实现自己的政治抱负，眼下连人头都会不保。

但曹操非让他说说如今天下的英雄，和对他们的看法，刘

【成长智慧】

机智在我们生活中可以说是无处不在，一个缺乏机智的人一定是一个生活中的失败者。一个人即使是才华横溢，如果他缺乏应有的机智，不能随机应变、权衡利弊，不能在恰当的时候说恰当的话，做恰当的事，那他就不能最为有效地运用自己的才干。

备只好小心地说："袁术兵粮足备，能称为英雄。"曹操说："袁术不过已经是坟墓里的枯骨，我早晚都会抓住他的！"刘备又说："河北的袁绍，四代中有三代是公卿，今虎踞冀州之地，部下有能力者极多，可称为英雄？"曹操笑说："袁绍这个人色厉内荏，好计谋却没有决断；干大事却爱惜性命，看见小利却不顾性命，不是英雄。"玄德说："刘景升人称八俊，威镇九州，应该是英雄吧。"曹操说："刘景升虚名无实，不是英雄。"刘备又说："孙策、刘璋、张绣、张鲁、韩遂等人应该称为英雄。"曹操说："这些人何足挂齿！"接着曹操又说："能称得上英雄的人，应该是胸怀大志，腹有良谋，有包藏宇宙之机，吞吐天地之志的人。"

> **词语积累**
>
> **色厉内荏**（sè lì nèi rěn）
>
> 外表强硬，内心虚弱。出自：《论语·阳货》："色厉而内荏，譬诸小人，其穿窬之盗也与。"
>
> 例句：别看他挺吓人，实际上色厉内荏，我们别怕他。
>
> 近义词：外强中干、虚有其表。
>
> 反义词：表里如一、名副其实。

刘备说："丞相以为天下谁可以称得上英雄呢？"曹操用手指指刘备，然后又指向自己，说："现今天下的英雄，只有你和我两人而已！"刘备听到这句话，吓了一跳。正好，这时，响了一声炸雷，刘备手里拿的筷子不禁掉在地上。刘备从容地低头拿起筷子说："这雷声真吓人，我被它吓到了。"

曹操笑着说："大丈夫也怕打雷吗？"刘备说："圣人听到刮风打雷也会变脸色，我怎么能不怕呢？"刘备把掉筷子的原因轻轻的掩饰了过去，曹操没有怀疑他。刘备靠自己的机智脱了身。

知识链接

汉代时的许昌今天在哪里？汉代时的许昌也就是我们今天的河南省许昌市。许昌市位于河南省中部中原腹地，中国历史上历来是群雄逐鹿，兵家必争之地。许昌是中华文明的核心发源地之一，第一个封建王朝夏朝的发源地，夏都夏邑，后名阳翟，位于今天的许昌禹州。

千里走单骑

煮酒论英雄后，刘备终于找到机会，出外作了徐州牧，摆脱了曹操的控制。不久，汉献帝写衣带诏给国舅董承，让他想办法除掉曹操，但董承没办法，心里忧虑，便病倒了。御医吉平前来治病，要帮助董承。不料，隔墙有耳。两人的计谋被董承的一个家奴发现，向曹操告发。曹操把参与此事的人全部处死。

> **词语积累**
>
> **隔墙有耳**（gé qiáng yǒu ěr）
>
> 隔着一道墙，也有人偷听。比喻即使秘密商量，别人也可能知道。也用于劝人说话小心，免得泄露。出自：管仲《管子·君臣下》："墙有耳，伏寇在侧。墙有耳者，微谋外泄之谓也。"
>
> 例句：你们几个说话小声点，注意隔墙有耳。
>
> 近义词：暗锤打人。
>
> 反义词：天衣无缝。

曹操得知刘备也参与了此事，便率大军杀向徐州捉刘备。曹操兵临城下，刘备无计可施，和张飞一起夜袭曹营，却中了曹操的埋伏。刘备、张飞被打散，刘备投奔了袁绍，张飞逃走。关羽保

【成长智慧】

有人说，善良的本质就是拥有一颗感恩的心；也有人说，感恩是人世间的美德，它至高无上。因此，要常怀一颗感恩的心，用我们的真心，感恩世上的一切。

护着刘备妻子家小，被曹军包围在一座山头上。无奈之下，关羽只好有条件投降曹操。

为了能够得到关羽，曹操是三日一小宴、五日一大宴，又送美女又送金银财宝。关羽让美女服侍嫂嫂，财物则交嫂嫂暂时收藏。曹操又将吕布的赤兔马送给了关羽，关羽再三拜谢。曹操疑惑：“关将军，以前送给你的那些东西，你都不拜谢。为什么这次要拜谢呢？”关羽回答：“有了这千里马，我便可早一天找到大哥刘备了。”曹操听了，非常后悔。

袁绍起兵攻打曹操，曹军迎战。可袁军的先锋官颜良勇不可当，连斩曹军几名战将。曹操派关羽迎战颜良，关羽为报答曹操的恩情，上阵杀了颜良和袁绍的另一大将文丑。曹军大胜，升关羽为汉寿亭侯。袁绍知道是关羽杀了颜良、文丑，便叫人绑了刘备。刘备声称可写信让关羽到河北来投靠袁绍，才得以脱险。

关羽见到刘备的信，知道了大哥的下落，便将曹操送他的财物、美女全部留在住所，将汉寿亭侯大印挂在屋中，保护着嫂嫂往袁绍那里去找大哥。

曹操的部将要赶去杀掉关羽，曹操制止他们：“我钦佩这样的英雄！”关羽保护二位嫂嫂来到东岭关。守将孔秀说没看见曹操的文书，阻拦关羽过关，被关羽杀了。

洛阳太守韩福又拦阻关羽，孟坦向关羽挑战，被关羽砍为两段，韩福用暗箭射中关羽左臂，关羽用口拔掉箭，飞马斩了韩福。

汜水关守将卞喜假意招待关羽，埋伏刀斧手，约定以摔杯子为暗号杀掉关羽。关羽得到消息后，斩了卞喜。

荥阳太守王植是韩福的亲戚，要杀关羽为韩福报仇，想乘晚上关羽休息时放火烧死他。关羽得到消息后，急忙逃走，王植带兵追来，被关羽杀了。

守卫黄河渡口的秦琪不放关羽渡河，也被关羽杀了。过了黄河，得知刘备已去了汝南，关羽又重新渡过黄河向汝南出发，途中收得一员猛将周仓和义子关平。走到一座古城时，占了古城的张飞认为关羽投降了曹操，不让关羽进城。

正好曹操的部将蔡阳又杀来，要为外甥秦琪报仇，关羽斩杀蔡阳，关、张相会。关羽千里走单骑，和刘备汇合，三兄弟重新团聚，等待机会。

知识链接

衣带诏，藏在衣带间的秘密诏书。汉献帝时，曹操擅权，将篡夺帝位。汉献帝不堪曹操的专权，把血书密诏藏在衣带里，赐给车骑将军、国舅董承，托他带出宫外，密谋杀了曹操，这就是“衣带诏”的由来。

诸葛亮：为匡扶蜀汉政权，呕心沥血、鞠躬尽瘁、死而后已，是忠臣的楷模，智慧的化身。

赵　云：品性谦逊，性情冷静，善内政，追随刘备不改忠贞，是有大智慧之人。曾以数十骑拒曹操大军，多次在危难之时解救刘备，被刘备誉为“一身都是胆”。

周　瑜：美姿容，精音律，多谋善断，精于军略，英勇善战，为人性度恢廓，雅量高致。于赤壁以火攻击败曹操的军队，此战也奠定了三分天下的基础。

马　超：勇猛无敌，自恃血气之勇，曾打得曹操弃袍割须而逃，但心胸狭小，有勇无谋。

三顾茅庐

刘、关、张三兄弟重新相聚，但刘备的人马无处安身，只得投奔荆州的刘表，刘表让刘备驻守在新野。多年的征战，刘备逐渐认识到自己失败的原因是没有人帮助自己出谋划策。于是，刘备四处打听哪里有智谋之士。

听谋士徐庶说，南阳卧龙岗有个叫诸葛亮的人很有才能，得到他就能得到天下。于是，刘备专程去访。可去了两次，都没见到诸葛亮。第三次，刘备做了细心的准备，张飞说："大哥，我替你把他抓来不就完事了吗，何必这么麻烦！"关羽也说："大哥，你都亲自去了两次了，这礼节也太过分了。"刘备听了他们的话，斥责他们说："你们听说过周文王是怎么见姜子牙的吧？不敬贤才，怎么能成大事！你们俩人都别去了，我自己去吧。"二人见哥哥一定要去，答应绝不失礼，刘备才带他们一同前往。

为了表示诚意，离诸葛亮住的草庐还有半里路，刘备等人就下马步行。来到门前，童子说"先生还在草堂上午睡呢。"刘备转身和关、张站在门外等候。

等了一会儿，张飞又有些不高兴了，对关羽说："这先生太傲慢

【成长智慧】

没有哪个人不想得到别人的尊重，可是并不是每个人都能尊重别人。殊不知，只有懂得尊重别人，才能赢得别人的尊重。有些人不懂得尊重别人，把他人为其所做的一切都当成理所应当的事情，对于这样的人，定会失去别人对他的尊重。

了。我们在这儿站着，他竟然装睡不起来，待我去屋子后边放一把火，看他起来不起来！”刘备瞪了张飞一眼，张飞不再做声。

又过了一个时辰，诸葛亮才醒来。听说有人来访，忙叫童子请进来。刘备见诸葛亮了，忙下拜说：“久闻先生大名，如雷贯耳。我前两次来，未能相见。不知先生看到我留下的信没有？”诸葛亮说：“看了将军的信，我已知道将军忧国忧民之心。”

> **词语积累**
>
> **忧国忧民**（yōu guó yōu mín）
>
> 为国家的前途和人民的命运而担忧。出自《战国策·齐策》：“寡人忧国爱民，固愿得士以治之。”
>
> 例句：老将军忧国忧民，一生不忘百姓。
>
> 近义词：顾国顾民、为国为民。
>
> 反义词：祸国殃民、病国殃民。

接着，两人畅谈了起来。刘备说了自己想伸张大义、救国救民的远大理想。诸葛亮帮助刘备分析了当前的形势：“当今，曹操依靠智谋战胜了强大的袁绍，已拥有百万大军，并且挟天子以令诸侯，无法跟他争锋；孙权占据江东，已有三代了。地势险要，百姓拥戴，可以把他作为盟友，不可以去争他的地方；荆州这个地方，北据汉沔，南通南海，东连吴会，西通巴蜀。这才是用武之地，刘表现在守不住它；益州沃野千里，是天府之国。那里的守将刘璋昏庸懦弱，民殷国富却不知体恤。当地有识之士，都希望有个英明的君主。如果占据荆州和益州这两个地方，安抚百姓，搞好外交，积极进行生产建设。一旦天下形势发生变化，就可以攻击秦川。那样，就能成就大业，复兴汉室了。”

刘备一听这样的好谋略，真是茅塞顿开，犹如拨开乌云见青天。诸葛亮为刘备诚心所动，慨然允诺出山相助。

知识链接

姜太公钓周文王的故事，姜太公在渭水边用直钩钓鱼，上面不挂鱼饵，并且离水面三尺高。周文王姬昌听说后，派自己的儿子去看看是怎么回事。儿子回来后说明情况，周文王这才意识到，这个钓者必是国之栋梁，要亲自去请才对。于是他吃了三天素，洗了澡换了衣服，带着厚礼，前去见太公。太公见他诚心诚意来请自己，便答应为他效力。 后来，姜太公辅佐文王，兴邦立国，还帮助文王的儿子武王灭掉了商朝，建立了周朝。

勇子龙救阿斗

曹操得知刘备在新野招兵买马，就派大将曹仁去攻打刘备，没想到被诸葛亮用计打败。于是，曹操亲率大军来战刘备。刘备和诸葛亮率部队奔襄阳，守将刘琮投降曹操后就驻扎在襄阳，他不让刘备进城。刘备只好率一些逃出来的百姓奔往别处。

刘备带着十几万军民，每天只能前进十几里。眼看追兵就到了。诸葛亮只好派关羽先去江夏找刘琦

【成长智慧】

做一个忠诚的人。忠诚的品质最能凸显一个人的人品。忠诚是做人的根本和资本，拥有忠诚的品质才会得到别人的认可。不忠诚的人，他们所失去的是别人的信任和做人的美德。

求救，令张飞断后，赵云保护家小，缓缓而行。

曹操大军追来，刘备、张飞等人边战边退。一场大战后，刘备手下仅剩一百多人了。跟随的百姓也都打散了，有人说赵云也投曹操去了。张飞一听就生气了：“我去找他。见到他非一枪刺死不可！”刘备说：“不要乱怀疑。难道你忘了你二哥诛颜良、斩文丑的事吗？赵子龙是我患难朋友，他走肯定另有原因，绝不会背叛我。”

原来，赵云在厮杀中看见刘备，又丢了刘备家小。很是着急，决定回乱军中寻找甘、糜二夫人和小主人阿斗。

在乱军中，赵云先后救起甘夫人等人，并刺死敌将淳于导，抢了他的宝剑，而后保护着甘夫人等人，杀开血路直奔长坂坡，正撞上张飞。张飞正在桥上横枪立马向西张望。见到赵云，弄清赵云没有投降后，让赵云过了桥，赵云让糜竺保护甘夫人先行，自己又返回长坂坡去找糜夫人和阿斗。

在一堵土墙边，赵云看到糜夫人抱着阿斗正坐在一口枯井旁痛哭。赵云让糜夫人上马，糜夫人却不愿拖累赵云，把阿斗交给赵云后，自己跳枯井自杀。赵云只好推倒土墙，掩盖枯井，然后抱起阿斗上马。曹军一个部将来战赵云，不到三个回合，就被赵云刺死。

赵云飞马向前，又碰上曹军大将张郃。十几个回合后，赵云不

敢恋战，夺路而走，又被张郃、焦触等几个曹军大将包围，赵云挺枪冲杀，左杀右砍，冲出重围。

曹操看到赵云所到之处锐不可当，心里顿生敬意，知道这员战将是常山赵云后下令：“只许活捉，不许杀死。”

这道命令帮了赵云，赵云杀死曹营战将几十人，累得人困马乏。刚来到长坂桥边，曹操的大将文聘又引兵从后面追来。赵云大喊：“张飞救我！”张飞让过赵云，挡住追兵。见到刘备，赵云把阿斗交给了刘备。刘备看赵云血染战袍，很是激动，把阿斗往地上一扔说：“为了这个小子，差点丢了我一员大将。”赵云感动得热泪滚滚，抱起阿斗说：“我肝脑涂地，也无法报答主公的知遇之恩。”

词语积累

肝脑涂地（gān nǎo tú dì）

形容死得很惨烈。也形容竭尽忠诚，任何牺牲都在所不惜。出自：《史记·刘敬叔孙通列传》：“使天下之民肝脑涂地，父子暴骨中野。”

例句：守城将士们表示，即使肝脑涂地，也要和侵略者血战到底。

近义词：马革裹尸、粉身碎骨。

反义词：苟且偷生、苟且偷安。

知识链接

今日长坂坡在哪里？长坂坡又名长坂，在今湖北省当阳市西南。明代万历十年，当地有识之士为纪念赵子龙长坂坡大战中的功业，在此树立“长坂雄风”碑，以供世人凭吊。其碑在清代乾隆年间又做重刻，1936年，当地政府在这里兴建长坂坡公园，隆其观瞻，以彰先民尚武精神。抗日战争时期，“雄风”碑被侵略者掠去。抗战胜利后，又重刻了“长坂雄风”碑，恢复原貌。

蒋干中计

长坂坡之战后，刘备逃到了江夏小城，整军备战。曹操一边写信给在江东的孙权，要求他出兵合击刘备，一边带领百万大军，水陆并进，沿长江而来，在赤壁扎营安寨。孙权明白，曹操这是要和自己决战，孙权为曹军压境而焦虑，召集部下商议对策。鲁肃说，他想先到刘备那里打探一下消息，看看两家能不能联合起来共抗曹操。

刘备也在商议对策，诸葛亮说："现在，曹操势力很大，我们这点人马抵挡不住。应该说服孙权和我们联合。"也就在这时，鲁肃来了。

两家想到了一起，诸葛亮趁机和鲁肃一起到江东，和孙权商讨如何联合作战的问题。

在三江口，曹军和吴军发生一场遭遇战。因为曹军都是北方人，不善水战，结果吃了亏。曹操觉得自己的军队不善水战想打过江去有些困难。于是，让降将蔡瑁、张允训练水军。

曹操有个谋士叫蒋干，曾是江东的统军大都督周瑜的同学。他自告奋勇要去江东说降周瑜。周瑜若能来降，那是最好，曹操就让蒋干

【成长智慧】

大文豪高尔基说："创造靠智慧，处世靠常识；有常识而无智慧，谓之平庸。有智慧而无常识，谓之笨拙。智慧是一切力量中最强大的力量，是世界上唯一自觉活着的力量。"一个有智慧的人，他的力量是无穷的。

去试试。

周瑜是个深通谋略之人，得知蒋干来访，已知他的用意了。于是心生一计：正好利用蒋干除掉蔡瑁、张允这这两个精通水战的人。

周瑜设宴招待蒋干，宴会上，周瑜单刀直入："老同学一定是给曹操做说客吧？"蒋干忙说："老同学多年不见，很是想念，特来叙旧。如何怀疑我是说客呢？"周瑜说："不是说客就好。今天，我们只谈友情，不谈战事。违令者斩！你看如何？"蒋干不敢开口提投降的事。

宴会后，周瑜领着蒋干到军营中转转，对他说："我江东兵精粮足，主公又**知人善任**，即使张仪、苏秦也别想说动我背离主公。"蒋干听了，知道这次是白来了。

词语积累

知人善任（zhī rén shàn rèn）

善于认识人的品德和才能，并合理地使用人。出自汉·班彪《王命论》："盖在高祖……五曰知人善任使。"

例句：李老师知人善任，人尽其才，把同学们的积极性都调动起来了。

近义词：任人唯贤、量才录用。

反义词：妒贤嫉能、任人唯亲。

晚上，周瑜邀请蒋干同室而睡。周瑜装醉，说醉话，吐得一塌糊涂。蒋干睡不着觉，偷偷起来，想在周瑜的屋中找点什么秘密，果真，在周瑜的书桌上发现了蔡瑁、张允给周瑜的信。信中说：他们不得已降曹，很快就会杀死曹操投奔东吴。蒋干大惊，忙藏起这封信。

这时，周瑜又开始说醉话："老同学，这几天，曹操的人头就要落地了。"蒋干急忙上床装睡。接着又有人来叫醒周瑜，和周瑜在屋外说话，蒋干隐隐地听到来人说："蔡瑁、张允二将军很快就会得手了……"第二天天还未亮，蒋干急忙跑回来见曹操，报告了事情经过。曹操大怒，斩了蔡、张二人。刚斩了二人，曹操就醒悟过来，知道自己中计了。

知识链接

张仪和苏秦都是中国古代战国时期著名的政治家、外交家和谋略家。他们一同向鬼谷子学习权谋纵横之术。二人饱读诗书，满腹韬略，善于辞令。后来，张仪曾两次为秦国相国，两次为魏国相国，苏秦最为辉煌的时候是劝说六国国君联合，他身佩六国相印，带兵进军秦国。

草船借箭

孙刘两家联合抗曹后，诸葛亮就暂时留在东吴，做协调工作，周瑜一方面妒忌诸葛亮的才干，一方面觉得将来诸葛亮会帮助刘备和东吴对抗，总想找机会除掉他。

有一天，周瑜和诸葛亮说：“大战一触即发，可现在军中缺箭，水战中弓箭又最好用，先生能不能尽快监造十万支箭？”诸葛亮说：“这是我应该做的，只是不知什么时候用？”周瑜说：“我给你十天的时间吧，能办完吗？”诸葛亮想了想：“说不上哪天就开战，十天会误事的，三天就行了。”周瑜一听，正合自己的心意，

【成长智慧】

智慧是每个人的财富，智慧更是人生命运的征服者。哪里有智慧，哪里就有成效；哪里有智慧，哪里就有道路；哪里有智慧，哪里就有成功。所以，多学习，积累知识，那是智慧的源泉。

于是对诸葛亮说："先生，军中无戏言哪！"诸葛亮说："愿立军令状，三天完不成，甘愿受罚。"周瑜一听大喜，忙叫人写好文书。

鲁肃知道此事，对周瑜说："你这不是要害诸葛亮吗？"周瑜说："这是他自己找死，我让军匠们慢点做，再拖延些材料，三天的时间，他肯定完不成，到时候误事，看他怎么说？"诸葛亮见到鲁肃说："三天内哪能造出十万支箭，你可要救我。"鲁肃说："我怎么救你呀？你自己答应的！"

诸葛亮说："你借我二十条船，每船要三十人，船上用青布做幔，扎草人一千多个，分布在船两边，我有用。"鲁肃按诸葛亮要求调集了船只和人马。

前两天都没有动静，鲁肃有些着急。第三天四更天时，诸葛亮请鲁肃上了那些草人船，两人边饮酒边向北岸进发。

这天，长江中大雾弥漫，对面不见人，船靠近曹军水寨后，诸葛亮让人在船上擂鼓呐喊。曹军听到擂鼓呐喊声，大雾中不敢轻举妄动。曹操急忙派一万多名士兵往江中放箭，箭像下雨一样落在草人身上。一会儿，草人上就着了很多箭，诸葛亮让人把船调头，用船的另一面受箭，继续擂鼓呐喊。雾散后，诸葛亮急令返回。二十只船两边草人上已排满了箭。诸葛亮让军士们齐声大喊："谢丞相赠箭！"曹操知道中计，但已无法追赶了，懊悔不已。周瑜知道后："诸葛亮真是神机妙算啊！"

词语积累

轻举妄动（qīng jǔ wàng dòng）

指不经慎重考虑，轻率地采取行动。出自《韩非子·解老》："众人之轻弃道理而易妄举动者，不知其祸福之深大而道阔远若是也。"

例句：这件事我们要好好考虑一下，不可轻举妄动。

近义词：草率行事、随心所欲；

反义词：谨言慎行、谨小慎微。

知识链接

军令状原为戏曲和旧小说中所说接受军令后写的保证书，表示如不能完成任务，愿依军法治罪。顾名思义，“军令状”的起源和军队行军作战有着密切的关系，其目的是为了加强指挥官的责任感，确保战斗的胜利。今天，泛指接受某项重大任务后写的保证书，范围也不仅仅局限于军队了。

周瑜打黄盖

【成长智慧】

人生成功，最重要的是知道自己究竟想要什么。成功的首要因素是制订一套明确、具体且可以冲击的目标和计划。人生没有目标不行，有了目标还要有为实现目标而努力的行动，这种努力需要我们付出许许多多。

两军对阵，各施计谋。为了刺探东吴联军的军情，曹操派蔡中、蔡和去周瑜营中诈降。周瑜一见，暗自高兴，于是佯装不知，把他们安置在营中。

一天夜里，周瑜坐在营帐考虑下一步的行动，老将黄盖求见。周瑜和黄盖一起商量怎样战胜曹军。黄盖说：“敌众我寡，我们不能这样持久地对阵，我建议用火攻。” 周瑜说：“老将军和我想到一块了。我留下蔡中、蔡和就是准备利用他们。要火攻就得靠近曹军，这需要有人去诈降。”

黄盖说：“我受主公孙权厚恩，别说受点苦，就是肝脑涂地，

也无怨无悔，我愿意领命前去。” 于是，他们两人定下了如此这般的苦肉计。

第二天，周瑜召集众将，商议军情。他对众将说：“敌军有百万之众，非一日可破。各位先领取三个月粮草，我们要准备长期坚持。”

黄盖马上反对说：“别说三个月，就是三十个月也打不过曹操。这个月能胜就打；不能胜，那就投降算了。” 周瑜**勃然大怒**：“我奉命和曹军作战，有言在先，敢言投降者斩。大战在即，作为老将，你竟敢说投降，动摇军心，左右给我推出去斩了！”

黄盖不服，大怒道：“我跟破虏将军（孙坚）南征北战时，你还是黄毛小儿！” 周瑜更加愤怒，命左右赶紧把黄盖斩了。大将甘宁为黄盖求情，被周瑜乱棒打出。众将见了，也纷纷求情，说阵前斩将，对大军不利。周瑜只好饶了黄盖不死，命人打一百军棍。

> **词语积累**
>
> **勃然大怒**（bó rán dà nù）
>
> 突然变脸大怒。出自汉·班固《汉书·谷永传》：“是故皇天勃然发怒，甲乙之间，暴风三溱拔树折木。”
>
> 例句：一听儿子偷了钱还说谎，李敬勃然大怒。
>
> 近义词：雷霆大发、暴跳如雷。
>
> 反义词：和颜悦色、心平气和。

黄盖被打得皮开肉绽，几次晕过去。回到家里，让心腹拿着自己写好的书信，去曹营献诈降书。

有了前次错杀蔡瑁、张允的事件，曹操接书后有些不信。这时，在周瑜营中的蔡中、蔡和也送来了密信说到了黄盖的事，曹操这才相信。周瑜的部下阚泽从外地回来，见黄盖被打得这样，当着蔡中、蔡和的面与甘宁谈论周瑜的不是，两人一起表达对周瑜的不满。阚泽还说曹丞相如何知人善任，如果在曹丞相那里，我们就会得到信任的话。蔡中、蔡和又给曹操写信，说甘宁、阚泽也想投降，以此打消曹操对黄盖投降一事的疑虑。

知识链接

黄盖为什么说周瑜是黄毛小儿？周瑜出生于公元175年，公元208年，指挥孙刘联军大战曹军。此时，周瑜只有33岁，是非常年轻的将领。而黄盖在此时已54岁了，年轻时就跟着孙权的父亲孙坚东征西讨打天下，是东吴的老将了。

火烧赤壁

词语积累

万事俱备，只欠东风
（wàn shì jù bèi, zhǐ qiàn dōng fēng）

一切都准备好了，只差东风没有刮起来。比喻一切都已准备好了，只差最后一个重要条件了。出自明·罗贯中《三国演义》第49回："欲破曹公，宜用火攻；万事俱备，只欠东风。"

例句：我们现在是万事俱备，只欠东风。只要机器一到，就可以生产了。

近义词：一切就绪、准备妥当。

反义词：措手不及、手忙脚乱。

一切都安排妥当，周瑜和诸葛亮商量具体的作战安排。真是英雄所见略同，两人一起想到了用火攻。这时，曹操为了使自己的船更稳一些，以便军士在船上作战。听从一个谋士的建议把船都用铁链紧紧地连了起来。可是，有一个问题，想用火攻，就必须有东风。当时是隆冬季节，当地只有西风北风，没有东风。周瑜为此很犯愁，一下子就病了。诸葛亮来探病，屏退左右后，写了十个大字给周瑜看："欲破曹公，宜用火攻；万事俱备，只欠东风。"周瑜问诸葛亮如何才能有东风？

诸葛亮熟知天文地理，但他故作神秘地说："我会呼风唤雨。你让人在南屏山筑七星坛，我保证给你借来三天东风！"

周瑜一听，病一下就好了。安排人为诸葛亮修筑七星坛，诸葛亮上七星坛借东风，周瑜并让黄盖准备了二十只火船，船头钉满大钉子，船内装满芦苇、干柴，灌了鱼油，上面铺满硫磺、焰硝等引火物，都用青布油单盖住。船尾系着小船，等待命令。东吴官兵摩拳擦掌，准备厮杀。

【成长智慧】

合作，协作，才能共赢！这样的道理，每一个人都知道，但不是每一个人都能够真心实意地做到。个人的能力是有限的，只有合作才能够让团队中所有的人都最大程度地发挥出自己的能量，创造出自身的价值，实现共赢。

近夜时，果然风声大起。霎时，东南风劲吹。周瑜甚是吃惊，心想："诸葛亮本事如此高强，留下必是祸根。"于是命人去七星坛杀诸葛亮。这时，诸葛亮早已在赵云的保护下离开了东吴。

周瑜见东南风起，命令甘宁打上曹军旗号，去放火烧曹操的粮食。而后，把各路人马安排妥当，准备进攻。命令黄盖让人通知曹操，今夜去降。

回到刘备军中的诸葛亮也在调兵遣将，安排人马，准备大战。天色将晚，周瑜命令斩蔡和祭旗，黄盖带船队出发。曹操见到黄盖按约定来降的船并不怀疑，但谋士程昱却看船太轻浮说："这船有诈。现在正刮着东南风，如果有诈就坏了。"曹操醒悟了，急忙派大将文聘去阻挡。

可是，已经晚了，黄盖一箭射伤文聘，命令点火。火趁风威，风助火势，船如箭发，烟焰涨天。二十多只船冲入曹操水寨，曹军的船又都用铁链锁着，着火后无法动弹。四面八方火船都向曹军的船冲来，江面上一片通红，火逐风飞，漫天彻地。大火又烧着了岸上的曹营，那里也是一片火海。吴军勇猛冲杀，曹军将士中枪中箭的，火焚水淹的，不计其数。

曹操快马加鞭，带领残兵败将一路奔逃，又被张飞、赵云、关羽追杀，一直逃到南郡，才停下来。周瑜和诸葛亮火烧赤壁，曹操大败而归。

知识链接

赤壁之战发生地点及争议，“赤壁之战”时曹军在今洪湖市乌林镇，吴军在今鄂州市樊口镇。但数百年来，历史学界对于“赤壁”之战发生的地点问题多有讨论，诸说并起。统计起来，至少有七种“赤壁说”：蒲圻说、黄州说、钟祥说、武昌说、汉阳说、汉川说、嘉鱼说。今天，争论的焦点在蒲圻说和嘉鱼说之间，更多的证据偏向于蒲圻（蒲圻是现赤壁市的古称）。

曹操割须弃袍

【成长智慧】

哲人说，所谓智便是指人们的聪明智慧。所谓谋便是指人们对问题的计议和对事情策划。智是谋之本，有智才有谋，智比谋更重要。真正的智慧不仅在于能明察眼前，而且还能预见未来。

赤壁之战后，曹操过了好一段时间才恢复元气。这一年，曹操还想灭掉孙权和刘备，趁刘备取西川之机，派兵攻打孙权的江南之地。孙权急忙向刘备求救。

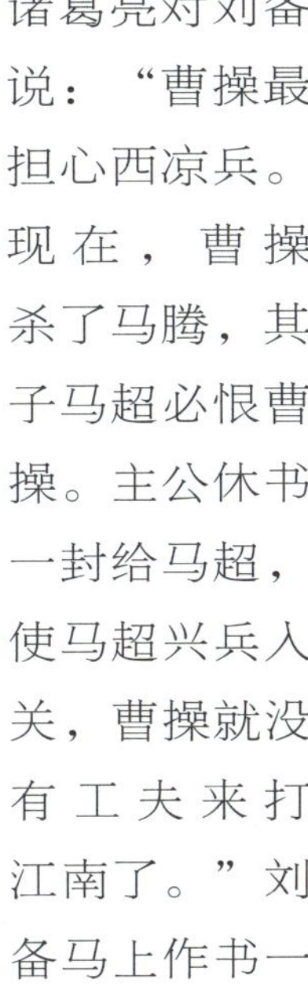

诸葛亮对刘备说："曹操最担心西凉兵。现在，曹操杀了马腾，其子马超必恨曹操。主公休书一封给马超，使马超兴兵入关，曹操就没有工夫来打江南了。"刘备马上作书一封，遣一心腹，往西凉州投予马超。

原来，马超的叔父和父亲都住在京城。叔父与侍郎黄奎谋杀曹操，不料事情败露，马超的叔父、父亲、二弟都被曹操斩首，只有三弟马岱逃脱了。

马超听到此事，对曹操恨得**咬牙切齿**。正好，刘备来信约他共击曹操。于是，他率领西凉军马要去攻打曹操。正欲进发，西凉太守韩遂请马超相见。韩遂拿出曹操的书信给马超。曹操在信中说："若将马超擒赴许都，即封韩遂为西凉侯。"马超拜伏于地说："请叔父就缚俺兄弟二人，解赴许昌。"韩遂对马超说："我与你父亲结为兄弟，

词语积累

咬牙切齿（yǎo yá qiè chǐ）

咬紧牙齿，表示痛恨。常形容极端仇视或痛恨。出自元·孙仲章《勘头巾》第二折："为甚事咬牙切齿，諕的犯罪人面色如金纸。"

例句：对于敌特分子的破坏，乡亲们恨得咬牙切齿。

近义词：恨之入骨、切齿痛恨。

反义词：笑容可掬、关心备至。

怎么能害你？你要出兵，我理当相助。”于是，马超、韩遂点二十万大兵，杀奔向长安来。守长安的曹军不是马超、韩遂的对手，只好坚守。马超部将庞德用计取了长安。

曹操得知失了长安，不再提起亲自南征的事，派大将曹洪、徐晃守住潼关。不想他们中了马超的计，丢了潼关。

曹操带兵一直来到潼关下安营扎寨。次日，引大军杀奔关隘，正遇西凉军马。两边各布阵势。曹操在门旗下，看西凉兵，人人勇猛，个个英雄。又见马超、庞德、马岱都是真英雄，曹操暗暗赞叹。曹操想和马超说上几句话，刚一开口，马超便大骂着挺枪直杀过来。曹操背后于禁和张郃先后出战，都被马超打败。李通出战，没几个回合便被马超刺于马下。马超把枪望后一招，西凉兵一齐冲杀过来。曹操大败。西凉兵来得势猛，曹操左右军将都抵挡不住。马超、庞德、马岱引兵直入，来捉曹操。慌乱中，只听得西凉军大叫：“穿红袍的是曹操！”曹操马上脱下红袍。又听得有人喊：“长髯者是曹操！”曹操急忙用佩刀割断了自己的长胡须。马超发现了，又令人叫拿：“短髯者是曹操！”曹操这回没了办法，扯了一块旗角，包住脖子逃走了。这一仗，让马超名扬天下。

知识链接

江南之地，“江南”是一个与“江北”、“中原”等区域概念相并立的词。从历史上看，江南既是一个自然地理区域，也是一个社会政治区域。江南，字面上的含义为江的南面。但作为一个典型的历史地理概念，江南本意指长江以南的地区。在古代，江南往往代表着繁荣发达的文化教育和美丽富庶的水乡，区域大致划分为长江中下游南岸的地区。

关云长单刀赴会

赤壁之战时，刘备借机占领了荆州周围的广大地区，战后，孙权多次向刘备讨回荆州。刘备都以各种理由不给。刘备取得益州后，孙权令诸葛瑾找刘备索要荆州。刘备还是不答应，孙权极为恼恨，便派吕蒙率军取长沙、零陵、桂阳三郡。长沙、桂阳蜀将当即投降。刘备得知后，亲自从成都率大军赶往前线，派大将关羽争夺三郡。孙权也带兵前来，派鲁肃抵挡关羽。双方剑拔弩张，孙刘联盟面临破裂的危险。鲁肃从孙刘联盟的大局出发，不让曹操有机可乘，决定当面和关羽商谈，向他索回荆州。

【成长智慧】

关羽单刀赴会的做法虽然很危险，但是他的果敢、勇气、胆量和智谋还是令人万分钦佩的。一个人的胆量不是天生的，只要我们放宽心、来看待事情，用正确的方法来磨炼自己，我们也会像关羽一样成为一个胆量十足的人。

于是，鲁肃于临江亭邀请关羽赴宴。关羽的部下都不让关羽前往，担心有诈，但关羽仍只带周仓一人，持青龙偃月刀雄，雄纠纠气昂昂地勇闯虎穴。来到赴宴处，周仓以刀挑桌围，查看是否有埋伏，刀在鲁肃头上一晃，先给他一个下马威。之后，关羽同鲁肃假意寒暄，借机说自己如何斩颜良诛文丑……以手比举刀式，鲁肃惊恐，无法提出索还荆州之事，只得敷衍。

酒过三巡，菜过五味。鲁肃迫不及待地提出索还荆州的事。关羽开始以朋友相见饮酒，不谈国事为由将话题岔开，但鲁肃因没有

词语积累

投鼠忌器（tóu shǔ jì qì）

想用东西打老鼠，又怕打坏了近旁的器物。比喻做事有顾忌，不敢放手干。出自：《汉书·贾谊传》：“里谚曰：‘欲投鼠而忌器’，此善谕也。”

例句：保镖们投鼠忌器，眼看着土匪把小主人绑走了。

近义词：畏首畏尾、瞻前顾后。

反义词：无所畏惧、肆无忌惮。

达到目的，只能步步紧逼。关羽回敬他说：“刘备是当今皇叔，继承汉家土地理所应当！”鲁肃再说时，周仓把青龙偃月刀的刀铃晃得铮铮直响。而后插话说：“天下的土地，只要有德行的人就可以居住，怎么这时就成了你们东吴的地方了？”关羽听了，借机变色而起，借机从周仓手中夺过大刀，怒叱周仓道：“这是国家大事，哪有你多嘴的地方，给我退出去！”关羽明的是叱责周仓，实际是说鲁肃。

接着，关羽推说自己喝醉了，右手提刀，左手挽住鲁肃的手，带有几分杀气地说：“今天和鲁肃先生饮酒，我已经醉了，千万不要再提荆州之事，担心我这刀伤了故旧之情。改日我再请先生到荆州赴会，再作商议。”鲁肃被关羽挽手，挣脱不得，只得随着关羽而出。暗藏的刀斧手**投鼠忌器**，也不敢轻举妄动，只好任关羽而去。到了船边，关羽才放了鲁肃，拱手道谢而别。

关羽扬帆而去，船走出很远，鲁肃才缓过气来。

知识链接

孙刘联盟是诸葛亮和鲁肃极力主张的一种抵抗曹操的策略。曹操南征荆州，其势如破竹；刘备败走当阳，求救于江东。东吴从唇亡齿寒的角度考虑，和刘备结成了“孙刘联盟”，于是赢得了赤壁之战。从此，曹操的势力也再也不能越过长江。三国鼎立的局面也逐渐形成。后来“孙刘联盟”瓦解，蜀汉和东吴也先后灭亡。

马超降蜀

曹操割须弃袍之后，对马超的力量有了更清醒的认识，于是尽全力来对付马超。先用计挑拨马超和韩遂的关系，让他们发生内讧。马超中了曹操之计，杀了韩遂，力量被削弱了，终于在潼关一带败给了曹操。

马超败退回甘肃，但他也确实是个英雄，他没有一蹶不振，而是联合了羌部继续反对曹操，经过几年的努力，马超几乎控制了全部的凉州。为了彻底消灭马超，曹操又派大将夏侯渊征讨马超，曹操用计离间了马超的部将，使得马超的内部出现分裂。他的老婆和两个儿子被部将杀死，无奈之下，马超投靠了割据汉中的军阀张鲁。

> **词语积累**
>
> **一蹶不振**（yī jué bù zhèn）
>
> 失败或者跌倒就再也没有起来。比喻遭受一次挫折以后就振作不起来了。出自：汉·刘向《说苑·说丛》："一噎之故，绝谷不食，一蹶之故，却足不行。"
>
> 例句：这股最大的土匪被消灭后，这里的土匪势力从此一蹶不振。
>
> 近义词：一败涂地、一败如水。
>
> 反义词：东山再起、死灰复燃。

张鲁虽然是汉末群雄之一，但他知道像马超这种英雄不是自己所能驾驭得了的。马超也因为自己太出色，把张鲁手下的一帮无能庸才给比下去了。有人进言给张鲁："马超这个人不能信任。"张鲁对马超更是严加防备。

后来，刘备西征益州军阀刘璋。刘璋向张鲁求救，张鲁考虑到刘璋如果失败了，自己的日子也不好过，就给了马超一些人马，让他去葭萌关进攻刘备。刘备当时正在全力进攻成都，没有多余的兵力分出来对付马超。诸葛亮仔细地分析了马超的情况，认为可以争取来降，派了个叫李恢的谋士去劝降马超。马超在张鲁那里本来就不如意，也知道在张鲁那儿没有出头之日，就连这次出战，自己只是来打仗，连个指挥权都没有。于是，李恢凭着一张嘴，就收降了马超。

【成长智慧】

不管我们的名声多么响亮，不管我们多么优秀，都不要目中无人，都要尊重别人，否则，别人就会慢慢疏远我们，让我们成为一个孤立的人，这是不利于我们人生成功的。

马超随李恢来到成都刘备军中，刘备非常高兴，立刻让部下放出了风声，说马超已归降。当时刘璋还准备坚持战斗等待外援，一听说马超归了刘备，立刻没有了坚守的信心，举城投降。

刘备平定了西川后，晋封马超为平西将军，马超成为刘备手下职位最高的武官。但后来马超也不把刘备的一干人放在眼里，所以，也一直不受重用，最后，四十多岁时就郁郁寡欢而死。他的弟弟马岱因为智勇双全，受到诸葛亮的重用。

知识链接

益州，中国古代地名，其范围包括今天的四川大部分和陕西省西南部的汉中一带。三国时是当时最大的三个州之一，刘备占领此地并建立蜀汉政权。三国末年曹魏灭蜀汉，分割益州，另置梁州。唐朝中期，益州又改为蜀郡，自此益州的名称不再存在。

人物谱

华 佗： 三国著名医学家，少时曾在外游学，钻研医术而不求仕途。他医术全面，医道高超，悬壶济世，曾为关云长刮骨疗毒。

曹 植： 曹操之子，自劝颖慧，才高八斗。10岁余便诵读诗、文、辞赋数十万言，出言为论，落笔成文，但一生郁郁不得志。

陆 逊： 是温文尔雅的一介书生，后成为统领兵马的大将军，火烧连营，大败入侵东吴的刘备军。

司马懿： 生于乱世，少有奇节，常慨然有忧天下之心，聪明而多谋略，博学多闻，平生曾多次亲率大军成功对抗诸葛亮的北伐。

华佗刮骨疗毒

关云长单刀赴会后，一直驻守在荆州重地。曹操派出大军来争夺荆州之地，关羽和曹操七路大军展开大战。关羽水淹七军，生擒曹操的大将于禁和庞德，又将曹操的大将曹仁围困在小城樊城。一时间，关羽威震天下。他要拿下樊城，进兵许都，擒拿曹操。

一天，关羽指挥人马来到樊城北门，列开阵势，呐喊叫战。曹仁带着众将来到城头往下观瞧，见关羽威风凛凛，杀气腾腾。曹仁暗中张弓搭箭，对准关羽，一箭射去，正中关羽右臂。关羽没料到曹仁会暗箭伤他，“哎哟”一声，跌落下马。手下兵将忙把关羽救回大寨。

军医为关羽把箭拔出来，发现箭头有毒，关羽的右臂很快就肿得不能动了。众将想把关羽送回荆州治伤，但关羽觉得大敌当前，自己不能退兵。于是众将只好去寻医生。听说华佗能治箭伤，马上想办法把华佗请了过来。

当时关羽的箭伤很重，非常疼痛，但关羽担心影响军心，就把马良叫来，二人对坐下棋。听说找来了江东名医华佗给自己治伤，关羽赶紧迎请。华佗看了关羽的箭伤说："关将军，箭头上有乌头，这种乌头毒性很大，已经透入骨内。如果不早治，您这胳膊就得残疾。要想治好，就得刮骨疗毒。"关羽问："如何刮骨疗毒？"华佗说："在一个安静的地方立上一个大柱子，上边钉上大铁环，把你的右臂伸到大环子里，然后我用绳子系好，把你的头蒙上，你不能看。我用尖刀把你的皮肉割开，把骨头上的毒全部刮去，然后上药，把伤口缝上。这样治伤，恐怕你疼痛恐惧。"

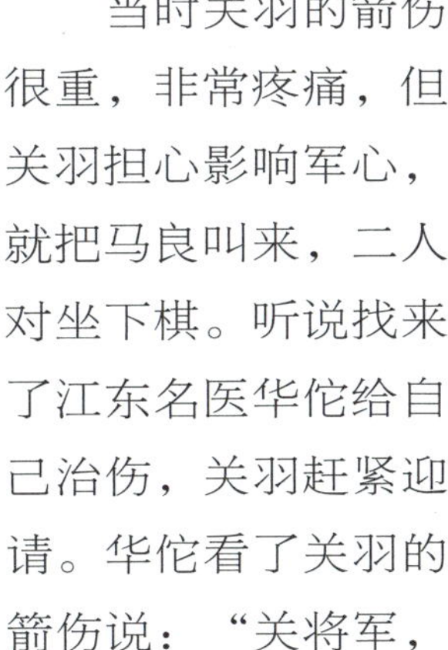

【成长智慧】

哲学家卢梭说："人要是惧怕痛苦，惧怕种种疾病，惧怕不测的事件，惧怕生命的危险和死亡，他就会什么也不能忍受的。"勇气是在每天顽强抵抗困难中养成的。成长中的我们就是要勇敢、顽强、坚定，要排除一切障碍，不断前进。

关羽听了，笑着对华佗说："这很容易，不用什么木柱和铁环。我就在这儿下棋，你就治伤吧。"周围的人听了，都觉得很害怕，关羽招呼马良："咱俩继续下棋。"又吩咐人把酒宴摆在棋盘旁。关羽左手下棋，右臂往前一伸，面带微笑："华先生，请吧。"

华佗说："我久行江湖，还没遇到过这样的人。"关羽执意如此，华佗只好照办。他让人捧了一个盆子，在关羽右臂下接血。自己把尖刀取在手中，开始治疗。马良坐在关羽对面，心扑

词语积累

谈笑风生（tán xiào fēng shēng）

有说有笑，兴致很高。形容谈话谈得高兴而有风趣。出自：宋·辛弃疾《念奴娇·赠夏成玉》词："遐想后日蛾眉，两山横黛，谈笑风生颊。"

例句：宋老师和大家谈笑风生，同学们一下子就没了约束的感觉。

近义词：谈笑自若、谈古说今。

反义词：默默无语、相对无言。

腾扑腾地跳个不停。旁边伺候的人更是连大气儿都不敢出。关羽和马良谈笑风生，照样下棋，照样吃肉喝酒。华佗用刀把关羽右臂的皮肉割开，露出骨头，用刀刮去骨头上的毒，然后上好药，用线缝上。

刚缝好，关羽大笑而起，试了试右臂，伸展自如。赞扬华佗：“先生真乃神医也！”

知识链接

华佗，东汉末医学家。他与董奉、张仲景并称为“建安三神医”。华佗少时曾在外游学，钻研医术而不求仕途。他医术全面，尤其擅长外科，精于手术，被后人称为“外科圣手”、“外科鼻祖”。他的行医足迹遍及安徽、山东、河南、江苏等地。他曾用“麻沸散”使病人麻醉后施行剖腹手术，这是世界医学史上应用全身麻醉进行手术治疗的最早记载。

曹植七步赋诗

曹操的两个儿子曹丕和曹植都很有文学才能，但弟弟曹植的才学更为突出。曹操开始还以为曹植的文章是请别人代写，但经过几次当面测试后，知道曹植有出口成章的才能。所以，曹操非常宠爱曹植，总是夸奖他聪明，还想立他为世子，哥哥曹丕一直很嫉妒他。

有一次，曹操欲派曹植带兵出征。带兵出征是掌握军权的象

征，是曹操重点培养的征兆。曹丕得到消息后，很恼火。曹丕想到了一个毒计，他带着一些好酒好菜与曹植一起喝酒。由于曹植喝的酒太多了就睡着了。曹操派人来传曹植出兵，连催了好几次，曹植仍昏睡不醒。曹操一气之下取消了曹植带兵的决定。这次行动让曹丕的奸计得逞了。

【成长智慧】

几个人在一起可以做出单独一个人所不能做出的事业，智慧、双手、力量结合在一起，几乎是万能的。所以，朋友之间、兄弟之间要团结和睦，团结起来的力量是无穷的。

曹丕做了皇帝以后，他非常担心弟弟会威胁自己的皇位。所以，他想出了种种办法想加害曹植。在一次宴会上，当他又听到一些大臣称赞曹植的才华时，眉头一皱，心生一计。于是，曹丕当着群臣的面，对着曹植恨恨地说："大家都说你才思敏捷，不知是真是假。今天就当众试一试，从你站着的地方跨出七步，在七步之内必须作诗一首，如果作不出诗来，那就杀你的头！"曹植知道哥哥忌恨自己已久，也一直很小心，没想到骨肉同胞竟会如此心毒手辣。他定了定神，略加思索，回应道："遵皇上之命，我就来试一试。"然后离开席位，边走边念：

"煮豆燃豆萁，豆在釜中泣。

本是同根生，相煎何太急！"

七步走完，《七步诗》也作好了。曹丕自然明白曹植是用豆和豆萁的关系，比喻自己和弟弟骨肉相残的狠心，不由得**面红耳赤**，只好放了曹植。

词语积累

面红耳赤（miàn hóng ěr chì）

脸面耳朵都红了。形容因激动或羞惭而脸色发红。出自：《朱子语类》卷二九："今人有些小利害，便至于头红耳赤。"

例句：肖明被老师批评得面红耳赤，他连连承认自己错了。

近义词：羞愧满面。

反义词：毫无愧色。

知识链接

七步诗的两一个版本：据《世说新语·文学》记载，文帝（曹丕）尝令东阿王（曹植）七步中作诗，不成则行以大法（处死），（植）应声便为诗曰："煮豆持作羹，漉豉以为汁，萁向釜下燃，豆在釜中泣，本自同根生，相煎何太急！"

《三国演义》第七十九回中写道：丕曰："吾与汝乃兄弟也。以此为题。亦不许犯著兄弟字样。"植略不思索，即口占一首曰："煮豆燃豆萁，豆在釜中泣，本是同根生，相煎何太急！"

陆逊火烧连营

曹丕废掉汉献帝自立为皇帝的第二年，刘备以汉室后代的身份，宣布继承汉皇位，在成都正式登基，就是汉昭烈帝。

刘备称帝后，不听军师诸葛亮和其他将领的把主要兵力用于消灭曹魏的意见，而是对东吴孙权占领荆州和杀害关羽之事耿耿于怀。一心要先灭东吴孙权，报了私仇后再去攻打曹魏。于是，点齐兵马，杀奔东吴而来。

【成长智慧】

俗语说：三个臭皮匠，顶个诸葛亮。不管一个人多强，总有达不到的地方，多听听别人意见，可以使我们少走弯路。

吴王孙权见刘备来势汹汹，向刘备求和，被刘备一口拒绝。孙权只好任命陆逊为大都督，带领吴军迎击刘备。

刘备率领蜀军，经过几个月的战斗，连胜数十仗，攻入东吴境内五六百里，来到湖北宜都西北的猇（xiāo）亭。在长达七百里的沿途扎营四十多个，白天旌旗蔽日，夜晚火光耀天，声势十分浩大。

面对刘备的步步紧逼，吴军将士要求与蜀军决一死战，但陆逊不许将士们轻举妄动。陆逊本来是一个白面书生，许多将领都对他不服气。一些将领认为陆逊胆小怕死，不敢出战。陆逊就当不知，一直按兵不动，和刘备相持了近半年。陆逊并不是胆小，而是一个很有谋略的人。这一段时间，他一直研究和观察蜀军的情况，他发现，蜀军扎四十个营寨，各营寨用木栅相连，最宜用火攻。并且，相持时间长了，蜀军有些懈怠，放松了警惕。所以，他召集大小将领开会，准备开战。陆逊兵分三路，一路从水中进兵，用船装载茅草；一路进攻北岸；一路进攻南岸。每人手执茅草一把，内藏硫磺，带上火种。到了蜀营，顺风放火，隔一个营寨烧一营寨。

东吴将士士气高涨，憋足了劲要和蜀军大战一场，众将领听了陆逊的安排，心中暗暗佩服。

当晚，东南风越刮越猛，陆逊见时机已到，命各路人马出击。冲近蜀营的人马，点燃火把，引燃木栅。刹那间，蜀军的连营成了巨大的火龙，蜀军争相出逃，溃不成军。吴军火烧连营七百里，刘备想组织蜀军抵抗，但蜀军已不听号令。刘备急忙上马，东蹿西突，还是被吴军包围。危急关头，大将赵云杀入阵来救驾，把吴军杀得**人仰马翻**。刘备带着百

> **词语积累**
>
> **人仰马翻**（rén yǎng mǎ fān）
>
> 人和马仰翻在地。形容被打得惨败，也比喻乱得一塌糊涂。出自清·曹雪芹《红楼梦》第一百十五回：“那巧姐儿是日夜哭母，也是病了。所以荣府中又闹得马仰人翻。”
>
> 例句：这一场战斗，敌军被打得人仰马翻，四处逃窜。
>
> 近义词：落花流水、溃不成军。
>
> 反义词：人强马壮、兵强马壮。

余人马退入白帝城。

至此，刘备苦心经营的东征大战，以几十万大军的全军覆没告终。这一仗不但破坏了孙刘联盟，也使蜀汉国损失严重。

知识链接

白帝城，位于重庆奉节县瞿塘峡口的长江北岸，三峡的著名游览胜地。原名子阳城，为西汉末年割据蜀地的公孙述所建。白帝城是观“夔门天下雄”的最佳地点。历代诗人如李白、杜甫、白居易、刘禹锡、陆游等都曾登白帝、游夔门，留下大量诗篇，因此白帝城又有“诗城”之美誉。

刘备托孤

刘备被陆逊火烧连营后，感到没有脸面再回成都去见群臣，于是就驻扎在白帝城。刘备日夜忧思，病倒在白帝城的永安宫。此时，刘备知道自己的病难以治好，便派人日夜兼程赶到成都，请诸葛亮来嘱托后事。

【成长智慧】

古人的“言必信，行必果”就是对承诺最好的释义。承诺是一个人对自己的行为约束，同时也是足能见证一个人对生活的态度。对于那些把承诺视为儿戏的人，得不到别人对他的信任与尊重。诚信，是我们在生活中不可丢失的品德之一。

诸葛亮把国中大事都交给太子刘禅，自己带刘备的另外两个儿子刘永、刘理来到白帝城，进了永安宫，看到刘备已病重。刘备叫诸葛亮近前，对诸葛亮说：“自从我得了丞相后，事业才有了发展。今天，没听丞相的话，遭到失败，实在后悔万分。我的病看来是难好了，我的儿子能力太弱，只得将大事托付给你。”刘备说完，泪流满面。

刘备看了看左右的人，见参军马谡在身边，就叫他暂时退出。刘备接着对诸葛亮说：“马谡这个人有些言过其实，不可重用。使用他时，一定要慎重。”而后，刘备又召集群臣一起到自己的床前，写了遗嘱，交给诸葛亮，感叹地对群臣说：“我本想和你们一同消灭曹丕，现在做不到了。由丞相把我的遗嘱交给太子，以后一切事情，都望丞相指点。”诸葛亮拜倒在地：“皇上，我一定全力效劳，辅助太子。”

> **词语积累**
>
> **言过其实**（yán guò qí shí）
>
> 言语浮夸，超过实际才能。多指话说得过分，超过了实际情况。出自《三国志·蜀书·马良传》：“马谡言过其实，不可大用。”
>
> 例句：小明有些言过其实，我们不要信他的话。
>
> 近义词：夸夸其谈、名不副实。
>
> 反义词：言必有信、名副其实。

刘备叫左右的人扶起诸葛亮，握住诸葛亮的手说：“丞相的才干高于曹丕十倍，一定能成大事。如果你看阿斗是个当皇帝的料子，你就辅佐他。如果他不是个当皇帝的料子，你就把他废黜了，你就自己当蜀汉之主吧。”诸葛亮一听刘备说出这样的话，立刻跪下，对刘备发誓说：“我一定会全心全意辅佐刘禅，一定会做到鞠躬尽瘁，死而后已。”刘备听完，双眼一闭而去，终年六十三岁。

刘备去世后，儿子刘禅登基，史称蜀汉后主。诸葛亮始终信守承诺，在其有生之年，殚思竭虑、鞠躬尽瘁、死而后已地辅佐后主刘禅。

知识链接

刘备为何让诸葛亮自己当蜀汉之主？ 其实，这是刘备的计谋，他是不会真心让诸葛亮废掉自己的儿子做皇帝的。刘备的说是反话正说，这是在宣读完遗嘱之后的事，所以是没有凭证的“戏言”。事实上，刘备也是在敲诸葛亮的警钟，当着众人的面告诉他，你可不要有此心思。还有警告群臣的意思，因为诸葛亮在群臣中威信很高，诸葛亮都表示一心辅佐，别人也要绝了“取代”阿斗之心。

伐中原上出师表

刘备死后，诸葛亮主持蜀汉的军国大事。但此时，蜀国和吴国的联盟已经破裂，荆州也已经失守。蜀国实力本来就不厚，再加上连年战争，国力更加困乏。诸葛亮实行了一系列的政治和经济措施，派人与吴国修好，巩固吴蜀联盟。又亲自领兵平定了南方少数民族地区的叛乱，七擒七纵孟获，使得孟获臣服，稳定了后方。同时又注意恢复经济生产，几年的时间，使蜀国有了兴旺的景象。

为了实现全国统

【成长智慧】

我们每天接触最多的是人，对我们帮助最多的是人，最使我们迷惑的是人。所以，我们必须学会看人、识人，要学会了解人，了解人性，这对我们的人生很有益。

一，诸葛亮乘魏主曹丕死，曹睿继位之机，用计使魏主曹睿削去大将军司马懿的官职，贬其回老家。至此，诸葛亮觉得北伐中原曹魏的时机成熟了，于是决定带大军北上伐魏。一是巩固蜀汉政权，二是消灭魏国进而统一中国，复兴汉室。

可是后主刘禅胸无大志，听信小人而远离贤才。对此，诸葛亮很是忧虑，自己带大军离开朝廷，朝中政事怎么办？为了开导刘禅，布置朝政，表明心意，激励朝臣们的志向，临出征前，诸葛亮给刘表写了一篇奏章，这就是《出师表》。

在出师表中，诸葛亮以恳切委婉的言辞劝勉后主刘禅，要**广开言路**、严明赏罚、亲贤臣远小人，多听取贤明的大臣们的意见，以兴复汉室；同时也表达自己以身许国、忠贞不二的思想。文章情意真切，感人肺腑，表达了诸葛亮对先帝的知遇之恩的真挚感情和北定中原的决心。

词语积累

广开言路（guǎng kāi yán lù）

- 广泛地打开进言的道路。指尽量给别人发表意见的机会。出自《后汉书·来历传》：“朝廷广开言事之路，故且一切假贷。”
- 例句：公司领导决定从现在开始，广开言路，征求大家的意见。
- 近义词：集思广益。
- 反义词：闭目塞听、堵塞言路。

诸葛亮出师北伐，先锋赵云力斩魏军五将，进围南安郡。魏大都督夏侯楙（máo）据城固守，蜀军暂时攻打不下。诸葛亮设计先取了安定郡，然后攻破南安，活捉夏侯楙，并力进攻天水郡；用反间计收降了智勇双全的姜维，攻下天水，提大军前出祁山，进逼中原。

夏侯楙被捉，魏主曹睿又派曹真为主将对抗蜀军。曹真也被击败。魏主曹睿只得启用司马懿为平西都督，带兵去救曹真。司马懿调齐人马，乘夜赶到新城，擒斩私通蜀国、定期起事的孟达。诸葛亮错用马谡守卫军事要地街亭，使得街亭失守，诸葛亮只好撤军，第一次北伐没有成功。

知识链接

《出师表》是诸葛亮在北伐中原之前给后主刘禅上书的表文。阐述了自己的一片忠诚之心，北伐的必要性以及对后主刘禅治国寄予的期望。历史上有前《出师表》和后《出师表》，通常所说的《出师表》一般指前一个《出师表》。

空城计退司马懿

诸葛亮率大军北伐曹魏。初期一切顺利，攻下了曹魏的一些郡县。街亭是个重要据点，关系蜀军命运。诸葛亮想派一个得力的人去驻守。参军马谡平时很有智谋，并写下军令状要求去前去把守。于是，诸葛亮派马谡为主将，王平为副将前去。可是马谡不听副将王平的意见，丢失了街亭。诸葛亮得到消息大惊，为了补救因失街亭造成的损失，派蜀军分路出击，自己驻守在西城县城。偏偏这时，魏军司马懿率30万大军以张部为先锋，蜂拥而至。诸葛亮身边只有一班文官，五千军兵，

还分一半去运粮草，城中只有二千人马。众官听得这个消息，大惊失色。诸葛亮登上城门观看敌情，果然尘土冲天，魏兵分两路杀来。

没有军将，如何迎敌？无奈之下，诸葛亮决定演一出空城计。传令让军士们将旌旗都隐藏起来，各自守在自己的位置，不许随便出入，也不许高声说话。然后，让守门的军士大开城门，每一门用二十军士，扮作百姓，洒扫街道。自己引两个小童携琴一台，于城上敌楼前，凭栏而坐，弹起琴来。

司马懿的前军来到城下，见了如此模样，都不敢进城，急忙报告司马懿。司马懿还有些不信，让三军止步，自己来到城下观看。果然见孔明坐于城楼之上，**笑容可掬**，焚香操琴。城门内外，有二十余百姓，低头洒扫，旁若无人。司马懿看毕，心中生疑，便命令后军做前军，前军做后军，依次而退。

> **词语积累**
>
> **笑容可掬**（xiào róng kě jū）
>
> 满脸笑容，双手都可以捧取。出自明·罗贯中《三国演义》第九十五回：“果见孔明坐于城楼之上，笑容可掬，焚香操琴。”
>
> 例句：李老师每天和我们在一起时，总是笑容可掬的样子。
>
> 近义词：眉开眼笑、喜形于色。
>
> 反义词：愁眉苦脸、咬牙切齿。

司马懿的儿子司马昭认为这是诸葛亮的诡计，说城中肯定没有军队。司马懿说：“诸葛亮一生谨慎，不曾弄险。今大开城门，必有埋伏。我们若进去，必中其计，还不快退。”于是两路魏军都后退三十里。众手下见司马懿远去，无不骇然，纷纷问诸葛亮：“司马懿乃魏之名将，今统大军到此，见了丞相，为何便退去了？”诸葛亮说：“此人料想我生平谨慎，必不弄险；见如此模样，疑有伏兵，所以退去。我出这招险棋，也是不得已啊。司马懿必引军投山北小路，我已令关兴、张苞二人在那里等候。”众人惊服：“若是我们，一定是弃城而走。”诸葛亮说：“我们只有两千多名军士，若弃城而走，跑不了多远，就会被司马懿所擒。”

再说司马懿，带领魏军往山北小路而走，果然受到关兴、张苞两支人马的夹击。司马懿对两个儿子说："我们若不走，必中诸葛亮之计矣。"

乘司马懿大军离去之机，诸葛亮安排蜀军撤回汉中。这时司马懿引一军又回到西城，问城里的居民说只有两千名军士在城中，别无埋伏时，司马懿悔之不及，仰天叹曰："吾不如孔明也！"

【成长智慧】

智慧可以创造财富，智慧更是战胜敌人的法宝。智慧是一座挖不尽的宝藏。智慧是永恒的，它引导我们通向成功，只要我们用心去开采，就会有丰厚的收获。

知识链接

司马懿二十多岁时，因名声好，郡里推举他出来做官，当时曹操正任司空，召他到府中任职。后来，司马懿借口自己有病不想在曹操手下，曹操不信，派人夜间去刺探，司马懿躺在那里，一动不动，像真染病一般。曹操当丞相后，使用强制手段让司马懿出来做官，司马懿只得就职。曾任职过曹魏的大都督，太尉，太傅。是辅佐了魏国三代的托孤辅政之重臣，后期成为全权掌控魏国朝政的权臣。他也是西晋王朝的奠基人。最显著的功绩是多次率领大军成功对抗诸葛亮的北伐。

出师未捷身先死

诸葛亮几次北伐，都没有成功，但不忘北伐之志，做了充分的

准备之后，又出兵十万攻魏，开始第六次北伐。这一次，诸葛亮总结了前几次北伐失败的教训，亲自设计制造了“木牛”、“流马”这两种有利于山地运输的交通工具，解决了粮草供应的问题。

蜀军到了渭水南岸的五丈原后，诸葛亮一方面构筑营垒，一方面屯田耕作，打算长期与魏军对峙。同时，又联络东吴，孙权也分兵三路对魏国发起了猛烈进攻。

魏明帝曹睿（ruì）亲自带兵与东吴交战，派司马懿在五丈原防守诸葛亮的蜀军。魏明帝对司马懿交代了四个字：“只守不战。”

司马懿只管牢牢守住营垒，任凭蜀军怎样挑战，就是不出来应战。使得诸葛亮欲战不能，不得前进。诸葛亮千方百计想激怒司马懿，派人给他送去一套妇女服装，嘲讽他像女人一样胆小，不敢决战。司马懿识破这是诸葛亮的激将法，一笑了之。

但面对蜀军一次次的挑战和嘲弄，魏军将士们却耐不住了，纷纷要求和蜀军决战。司马懿为稳住他们，于是做戏给部下看，他对部下说：“我立刻上奏皇上，请求批准我们跟蜀军决战。”等了一段日子，魏明帝派人来宣布命令：“不许出战！”要出战将士们被堵住了。

但司马懿却一直没闲着，他想方设法了解诸葛亮的情况。有使者到魏营挑战，司马懿都非常客气地接待使者，不露声色地了解诸葛亮及蜀军的信息。当他听说诸葛亮每天忙于大小公事，连对杖责二十这样的小事都要亲自批准，胃口不太好。司马懿更有信心拖下去，他知道诸葛亮日理万机，吃得又很少，这样下去，身体是撑不了多久的。

词语积累

日理万机（rì lǐ wàn jī）

每天处理很多的事情。形容事务繁忙，工作辛苦。出自《尚书·皋陶谟》：“兢兢业业，一日二日万机。”

例句：我们敬爱的周总理日理万机，夜以继日地为国家大事操劳。

近义词：全力以赴、宵衣旰食。

反义词：无所事事、不思进取。

果然如司马懿所料，操劳过度的诸葛亮终于病倒了。他知道自己病得不轻，安排了一切后事。不久，诸葛亮就在五丈原的军营中去世了，年仅五十四岁。

【成长智慧】

学习、工作都要劳逸结合，比如学习，很关键的一个问题是处理好学与玩之间的关系，做到劳逸结合，这样才能使学习效率有大的提高。适度的劳逸结合也是身体健康的必须，有个好身体，才更有利于我们的学习。

按照诸葛亮生前的安排，蜀军没有透露他逝世的消息，把他尸体裹起来放在车里，有条不紊地开始撤退。司马懿见蜀军撤退，知道肯定是诸葛亮出事了，于是率领魏军来追。刚在五丈原追上蜀军，没想到蜀军突然向后转，直向魏军杀来。司马懿大吃一惊，赶紧下令撤退。

蜀军安全撤回了汉中，诸葛亮的遗体安葬于定军山（今陕西勉县西南）。诸葛亮想由蜀国统一中国的愿望没有实现，出师未捷身先死。但是，他的人生智慧和“鞠躬尽瘁，死而后已”的品格，却一直被后人传颂着。

知识链接

木牛流马，是诸葛亮在北伐时发明的运输工具，分为木牛与流马。其载重量为“一岁粮”，大约四百斤以上，每日行程为“特行者数十里，群行二十里”，为蜀国大军提供粮食。不过，确实的方式、样貌现在已无法查明。一般认为，是单轮木板车，一种山路用的带有摆动货箱的运送颗粒货物的木制人力步行机。

司马昭之心

魏明帝曹睿是个很有能力的皇帝，可惜的是曹睿命短，三十多岁就死了。年始八岁的曹芳登上了皇帝大位，临终时，曹睿让曹爽、司马懿共同辅佐小皇帝。曹爽是曹操侄孙，也是一个很有能力的人，曹爽独揽曹魏大权，处处防范司马懿。后来，司马懿借曹爽陪皇帝出城的机会，发动兵变，夺了曹爽的大权，消灭了曹爽集团。此后，大将军司马懿实际上已掌握了魏国的大权。司马懿死后，他的大儿子司马师掌握大权，司马师很快就废掉不听话的曹芳，立十四岁的曹髦当皇帝。司马师病死后，把一切权力交给了弟弟司马昭。

这个司马昭一直跟着父亲司马懿南征北战，是个野心很大的人。他总揽大权后，总想取代曹髦自己当皇帝。为了达到目的，他不断铲除异己，打击政敌，曹氏家族中有点能力的人都被他清除掉了。司马昭篡位野心日益显露，年轻的曹髦知道自己迟早会被司马昭除掉，于是曹髦气愤地对亲近的大臣说："司马昭之心，路人皆知。我不能坐等他来夺走皇位。"曹髦决定铤而走险，采取袭击的办法干掉司马昭。他找来几个心腹大臣商量对策，几位大臣知道如此莽撞行动，后果不堪设想，等于飞蛾投火，都劝他暂

词语积累

飞蛾投火（fēi é tóu huǒ）

蛾子扑向火。比喻自找死路、自取灭亡。出自《梁书·到溉传》："如飞蛾之赴火，岂焚身之可吝。"

例句：几个敌特分子飞蛾投火，刚一出动就被公安抓获了。

近义词：自取灭亡、飞蛾赴火。

反义词：独善其身、明哲保身。

时忍耐。曹髦不听，亲自率领左右侍卫数百人袭击司马昭。可早有人把这消息报告了司马昭。司马昭立即派兵阻截，在路上就把曹髦杀了。曹髦死时，年仅20岁。

【成长智慧】

在我们的成长过程中，做事情时，光有想法还不行。要分析情况，看对象，考虑后果。如果不考虑后果，莽撞行事，不考虑自己的能力是否能够达到，那样就很容易失败。

司马昭杀曹髦后，又立曹奂为帝。从此，在曹魏政权中，再也没有人敢公开反对司马氏的统治了。从此，后人用“司马昭之心，路人皆知”这句话来比喻人所共知的阴谋或野心。

知识链接

据记载，司马懿有九个儿子：司马师、司马昭、司马干、司马亮、司马伷、司马京、司马骏、司马肜、司马伦。他的儿子在司马炎当皇帝后都被封王。比较出名的孙子有：司马炎、司马攸、司马繇、司马粹、司马佑、司马宗、司马羕、司马觐、司马澹、司马畅、司马歆、司马光等。司马懿的儿子和后代们为了争夺权力，相互之间大肆征伐，发生了历史上著名的“八王之乱”。

晋王朝统一全国

诸葛亮死后，蜀国军权交到姜维手中。姜维也组织过多次北伐曹魏的行动，但都没有成功。连年的战争加上后主刘禅昏庸无能，蜀国实力越来越弱。在曹魏掌握实权的司马昭看准了时机，命大将钟会和邓艾一起举兵伐蜀。

【成长智慧】

成长过程中，要知道什么是应该做的，什么是不应该做的。做人应该有志气，做事应该有意义，要鼓起勇气来，努力奋斗。

姜维一边派人奏后主，一边带领手下的兵马拒敌。但当时，后主刘禅只听宦官黄皓的话，说这是姜维为了立功，谎报军情。后主相信了他，没有通知边关守将，也没做御敌的准备。所以，除姜维的部队以外，蜀国其他地方都不知道魏国大军来伐蜀。

钟会大军势如破竹，蜀国南郑、阳安关、汉中、乐城都落入钟会之手。姜维这边正与邓艾大军相持，忽报汉中失守，又怕魏兵深入蜀地。于是放弃白水关，退守剑阁关与钟会相持。双拳难敌四手，姜维与钟会相持时，邓艾率军三万披荆斩棘，从阴平小路，进入蜀国腹地，突然出现在江油城下，江油守将投降。占领江油后，邓艾又迅速占领涪城。刘禅接到告急文书，问黄皓是怎么回事。黄皓说：“这肯定是谣传。” 但各地告急文书雪片般飞来，刘禅于是令诸葛亮之子诸葛瞻率军七万迎战。

诸葛瞻仓促上阵。在绵竹遇到邓艾，被邓艾打败，退守绵竹，向东吴孙休求援。但远水不解近渴，诸葛瞻久候援兵不至，率军出城作战，被邓艾所杀。邓艾顺利占领绵竹，率大军出现在城下。此时，城中没有一个可以出城迎敌的将领。刘禅也吓破了胆，急忙率大臣们出城投降。至此，蜀国灭亡。

姜维不甘心失败，接到刘禅的旨意，假意投降钟会，鼓动钟会在成都自立为王，想趁乱恢复蜀国。但也因此引起军中大乱，钟会、姜维均死于乱军中。邓艾因恃功而骄，也被司马昭杀死。后主刘禅被带到洛阳。司马昭封刘禅为“安乐公”，黄皓因**祸国殃民**，被司马昭下令凌迟处死。

词语积累

祸国殃民（huò guó yāng mín）

祸害国家，使百姓遭殃。出自：章炳麟《正学报缘起·例言》：“如去岁兖州之变，西报指斥疆臣，谓其祸国殃民，肉不足以啖狗彘。”

例句：几个野心家祸国殃民，受到百姓的唾骂。

近义词：蠹国害民、病国殃民。

反义词：忧国忧民、富国安民。

不久，司马昭病死，儿子司马炎继位晋王。司马炎逼曹奂退位，自己当上了晋朝皇帝，魏国灭亡。蜀国灭亡后，吴国已危在旦夕。但此时，吴主孙皓却酷溺酒色，凶狠残暴，国势一日不如一日。晋帝司马炎看到机不可失，命大将杜预、王濬等人攻吴，吴国此时已无招架之力了。孙皓走投无路，被迫投降，被司马炎封为“归命侯”。

吴国灭亡，三国时代结束。中国再一次结束分裂，晋王朝统一中国。

知识链接

诸葛亮的子孙们：继子诸葛乔，是哥哥诸葛瑾过继给诸葛亮的，在刘备处做官，早死；大儿子诸葛瞻，在蜀国做将军，在绵竹与魏军决战时，寡不敌众，战死；二儿子诸葛怀，晋朝时想招他到京城任职，诸葛怀未至，终老于家中。女儿诸葛果，没有记载。

孙子诸葛尚，同其父诸葛瞻一起战死；孙子诸葛京，诸葛瞻次子，在晋为官，官至江州刺史；孙子诸葛质，诸葛瞻之子，蜀亡后，刘禅之子、洮阳王刘恂不愿降魏，诸葛质曾作为使者，与夷帅孟虬通好，保护刘恂在南中水昌定居；孙子诸葛攀，诸葛乔之子，后来回吴国，成为诸葛瑾的后嗣。

贾宝玉： 口中含玉而生，是贾府的宝贝。从小在女儿堆里长大，喜欢亲近女孩儿，他平等待人，尊重个性，主张各人按照自己的意志自由生活。在他心眼里，人只有真假、善恶、美丑的划分。

林黛玉： 《红楼梦》中的女主角，金陵十二钗之首。幼年丧母，体弱多病，红颜薄命，身世可怜。黛玉聪慧无比，琴棋诗画样样俱佳，尤其诗作更是大观园群芳之冠。

薛宝钗： 金陵十二钗之一。她容貌美丽，肌骨莹润，举止娴雅。她恪守封建妇德，而且城府颇深，能笼络人心，得到贾府上下的夸赞。

元　妃： 宝玉的姐姐。在宝玉三四岁时就教其读书识字，虽为姐弟，犹如母子。因“贤孝才德”选入宫中。在皇宫无丝毫人身自由，称那里是一个见不得人的去处，表达了难以言状的辛酸。

黛玉宝玉初相会

故事从一个叫林黛玉的女孩的母亲去世说起。

林黛玉的家在江南扬州，父亲在那里做官。母亲病逝后，林黛玉很是伤感，也得了一场病。病好了一些，父亲又忙于公务，家中没有人照顾她。正好，姥姥捎来信，想让她到京城姥姥家来。这姥姥家是京城著名的贾府，林黛玉的舅舅贾政是朝廷的一等将军。父亲就让林黛玉随一个想到京城谋官的朋友贾雨村来到了贾府。

林黛玉到来，贾府上下一下子热闹起来。姥姥贾母看到她不免想起自己的女儿而伤感，大家正陪着林黛玉说着话时，只听外面脚步声响，丫鬟进来报告说："宝玉来了。"黛玉正想着这宝玉是个什么样的赖皮人物，宝玉已走进来。原来是一个长相俊美、衣饰华丽的公子，项上挂着金璎珞，还有一根五色丝绦系着一块美玉。黛玉偷偷一打量，心中有些吃惊：好奇怪，这么面熟，好像在哪里见过。

宝玉向贾母请了安，也没和黛玉说话，转身又出去。回到自己屋里换了家常衣裳，又来到贾母屋里。贾母笑着责备说："没有见客人就脱了衣裳！还不

【成长智慧】

我们在成长过程中注定了要和许多人打交道。人与人之间的情感是简单的，亦是复杂的。简单与复杂关键在于人与人的相处之道！有的人过得很快乐，有的人却过得很累，关键在于如何善待他人，善待他人就是善待自己。

去见你妹妹。”宝玉这才过来和黛玉相见，作揖后，宝玉笑着对大家说：“我见过这个妹妹。”贾母笑着骂道：“胡说什么，你什么时候见过她？”宝玉忙解释说：“虽然未曾见面，但是很是面熟。倒像是旧相识，恍然如同久别重逢一般。”贾母说：“好，好！这样更亲了。”

宝玉挨着黛玉坐下，两个人聊了起来，宝玉问她读过什么书，黛玉说了几本书名。宝玉又问：“妹妹表字怎么称呼？”黛玉说：“没有字。”宝玉笑着说：“我送妹妹两字，不如就叫‘颦颦’吧。”站在旁边的妹妹探春接上话问宝玉：“有什么典故？”宝玉解释说：“《古今人物通考》上说：‘西方有石名黛，可代画眉之墨。’况且这妹妹皱着眉头，眉尖若蹙，用这两字岂不甚美？”大家听了纷纷说好。

词语积累

久别重逢（jiǔ bié chóng féng）

分别很久后再次相见。出自清·曾朴《孽海花》：“多年不见了，说了几句久别重逢的话，招呼大家坐下。”

例句：两兄弟久别重逢，相互拥抱在一起。

近义词：旧雨重逢、阔别重逢。

反义词：天各一方、天人永隔。

宝玉又问黛玉：“你有玉没有？”黛玉说：“那玉是稀罕物，怎么会人人都有？”宝玉听了，顿时发起狂来，摘下那玉，摔了出去。骂道：“什么稀罕物！还说它灵呢，我也不要这玩意儿了！”众人吓得一拥去拾玉。贾母急忙搂住宝贝孙子，说：“你生气打人骂人都可以，怎么摔那命根子？”宝玉哭着说：“家里姐妹们都没有，如今这神仙似的妹妹也没有，可知它不是个好东西！”贾母听了忙一顿劝，宝玉才重又带上。

知识链接

《古今人物通考》真有其书吗？据考证，史上没有这本书。红楼梦原著中，宝玉说出这个书名后，探春笑道："只恐又是你的杜撰。"宝玉笑道："除《四书》外，杜撰的太多，偏只我是杜撰不成？"由此分析，这个书名是宝玉临时编出来的。

宝玉梦游太虚境

宁国府（宝玉伯父家）园内梅花盛开，贾珍妻尤夫人，特邀荣国府（宝玉家）的老太太、太太们前来观花，贾宝玉当然少不了。玩了一会儿，宝玉倦怠，贾母就叫人哄宝玉去睡一会儿。秦可卿听到了，急忙跑来对老太太说："我们这儿

有给宝二叔收拾的屋子，老祖宗放心，交给我就行。”

秦可卿便领着宝玉来到上房内间，宝玉抬头看见墙上挂着一幅劝勉人奋发勤学的《燃黎图》，还有一副对联：“世事洞明皆学问，人情练达即文章。”意思是说：社会上种种事理能够洞察、明白都是学问；人世间桩桩情理，只要精练通达就是文章。

宝玉不愿意学习，看了这更反感了。不想在这里睡。秦可卿听了笑着说：“这里不好，要不，就往我屋里去吧！”宝玉立即点头。一个老妈子反对：“哪有叔叔往侄儿媳妇房里睡觉的呢？”秦可卿说：“宝玉才多大，还没有我弟弟高呢！没那么多说道！”于是，宝玉来到秦氏卧房。宝玉立即喜欢上了这里。连说：“这里好，这里好！”秦可卿说：“我这屋子大约神仙也可住得了”。宝玉睡下，众人散去。

宝玉才合上眼，便恍恍惚惚地睡去，犹似秦可卿在前后游荡，到了一个地方。但见**雕栏玉砌**，绿树清溪是个人迹罕至的地方。宝玉心中喜欢，想道：“这个地方有趣，若能在这里过一生，比天天被父母、师父管束强多了！”正这样想着，听见山后有人踏歌而来。那人唱着一首情歌，宝玉顺着歌声飘来的地方定睛看去，见一位蹁跹袅娜，与凡人大不相同的仙女。宝玉连忙作揖请教：“神仙姐姐，这是什么地方，望您指教。”那仙姑道：“我是太虚幻境的警幻仙姑，我专管人间风情月债，女愁男痴。今天来此访察，与你相逢。我的住处离此不远，别无他物，仅有自采上来茶叶一盏，亲酿美酒几瓮，新填《红楼梦》仙曲十二支，可否随我一游？”

宝玉听了非常喜悦，便忘了秦可卿，随着仙姑来到一个地方。

> **词语积累**
>
> **雕栏玉砌**（diāo lán yù qì）
>
> 雕绘的栏杆，用玉修的石阶。形容富丽堂皇的建筑物。出自南唐·李煜《虞美人》词：“雕栏玉砌应犹在，只是朱颜改。”
>
> 例句：新建的大街两侧楼房雕栏玉砌，十分漂亮。
>
> 近义词：雕梁画栋、富丽堂皇。
>
> 反义词：穷巷陋室、绳床瓦灶。

【成长智慧】

古希腊哲学家亚里士多德说："情感改变人们，影响着人们的判断，并且还伴随着愉快和痛苦的感觉。这类情感有愤怒、怜悯、恐惧等。"学会控制我们的情感，会使我们人生更快乐。

忽见眼前有座石牌横在路边，上书："太虚幻境"四个大字，两旁一副对联："假作真时真亦假，无为有处有还无"。宝玉随着警幻仙姑游遍了太虚幻境，听了仙女们唱的十二支《红楼梦》仙曲，警幻仙姑陪宝玉，边走边给他讲人间男女爱情的事情，还把自己的妹妹，乳名叫可卿的，许配给宝玉，并安排当日成婚。

至次日，宝玉与可卿携手出去游玩，忽然遇到许多夜叉海鬼将自己往深渊下拖，宝玉一下子惊醒了。原来宝玉做了一个梦，梦游了太虚境。

知识链接

燃藜图：说的是汉代刘向黑夜诵书，感动了天帝。天帝派太乙之精来到人间观看，发现刘向这里没有灯火，于是这神人手持青藜杖，吹杖头出火，为刘向照明，并教给他读了许多古书。

王熙凤料理宁国府

秦可卿不幸病逝，贾府没了管事的人。贾珍正忧虑时，宝玉在

旁边问道："事事都算安贴了，大哥哥还愁什么？"贾珍便将无人管事的话告诉宝玉，宝玉听了笑道："这有何难，我推荐一个人给你，帮你处理这一个月的事，管必妥当。"于是，贾宝玉向贾珍推荐了王熙凤。

贾珍一听，喜不自禁，连忙起身笑道："果然安贴，如今就去安排。"于是和宝玉一起去找邢夫人、王夫人。见到二位夫人，贾珍把想让王熙凤帮助料理丧事的事向两位婶子请示。王夫人心中担心凤姐未经过这事，怕她料理不清，惹人耻笑。开始还不肯答应，见贾珍苦苦相求，也就动心了。

那凤姐平时就喜揽事办，好卖弄才干，巴不得遇见这事。见贾珍如此，她心中早已欢喜。看王夫人有活动之意，便也向王夫人求道，"太太就依大哥哥吧。"王夫人悄悄地问她："你能管好吗？"凤姐道："有什么不能的。外面的大事已经大哥哥料理清了，不过是里头照管照管，便是我有不知道的，问问太太就是了。"王夫人见说得有理，便默许了。

贾珍便忙向袖中取了贾府的对牌〔对牌，用木、竹制成的支领财物的凭证〕。叫宝玉交给凤姐，让她随意去办。

大家都散去后，做了贾府管家的王熙凤开始思考贾府存在的问题：人口混杂，遗失东西；事无专执，临期推诿；需用过费，滥支冒领；任无大小，苦乐不均；家人豪纵，有脸者不服约束，无脸者不能上进。要管好贾府，就得从这些事管起。

贾府总管警告手下人："琏二奶奶（凤姐）开始管理内事，大家要比往日小心，那是

【成长智慧】

纪律就是规则。一个人的纪律性如何，直接反映出他的思想道德水平。唯有思想道德高尚，对纪律的重要性具有深刻认识和养成遵守纪律的习惯的人，才能使遵守纪律成为自觉行动。纪律，让优秀成为习惯。这种习惯成为文明素养。守纪律是一个人成长的必须。

个有名的烈性格，脸酸心硬，一时恼了，不认人的。”大家的心理先有些害怕。第二天，王熙凤便过来点名训话，安排工作。凤姐告诉那些管事的：“既然让我管，我就要批评你们，我可不比你们的奶奶好性格。从今往后，要依着我行事，错半点儿，不管谁，一律处治。”大家吓得大气不敢出。王熙凤的工作安排的也很得当，过去乱糟糟的贾府内部事情都有了规矩。

> **词语积累**
>
> **兢兢业业**（jīng jīng yè yè）
>
> 形容做事谨慎、勤恳。出自《诗经·大雅·云汉》：“兢兢业业，如霆如雷。”
>
> 例句：李老师对教学工作兢兢业业，受到学生们的欢迎。
>
> 近义词：脚踏实地。
>
> 反义词：敷衍了事、敷衍塞责。

一天，凤姐按名查点，有一人因睡过了，来迟了一步。凤姐立刻放下脸来，喝命身边的人把那人带出去，打了二十板子！又罚了管事的人一月银米。打完那人后，凤姐告诉众人：“明日再有误的，打四十，后日的六十。有要挨打的，只管误！”众人这才知道凤姐厉害，自此不敢偷闲，个个兢兢业业。

知识链接

本节故事中，邢夫人是宝玉的婶娘，王夫人是宝玉的母亲，凤姐是宝玉堂兄贾链的妻子，贾珍是宝玉的另一位堂兄，秦可卿是贾珍的儿子贾蓉的妻子。

刘姥姥进贾府

王夫人有一门本家远亲，这王家住在乡下务农，主人叫狗儿，

狗儿娶妻刘氏，生有一子叫板儿。农忙时，地里的事忙不过来，孩子无人照料，狗儿就把岳母刘姥姥接来一起过。刘姥姥见女婿家日子贫困，就和姑爷商量怎么能弄点钱。想来想去，想到了王夫人，刘姥姥对姑爷说：“当年你爷爷和金陵王家联过宗，他家的二小姐是个心地善良之人，现在是荣国府贾二老爷的夫人，你何不去走动走动，兴许会照顾你一些。”

【成长智慧】

刘姥姥尽管身为穷人，但是她的善良、真诚和可爱打动了所有的人，她也因此受到了众人的喜爱。对于我们来说，做人，穷并不可怕，最怕的就是没有志气。失败并不可怕，怕的就是因此失去人生的方向……有志气，一切才有可能。

狗儿动了心，却穷爱面子，自己不好意思去，刘姥姥决定自己带板儿走一趟。来到荣国府门前，通报了姓名，通过一个在荣国府相识的人进了贾府。

先见了凤姐的心腹大丫头平儿，进了凤姐的屋子，只见满屋的东西耀眼生辉，令人头晕目眩。阵阵异香扑鼻，就如腾云驾雾一般。见平儿遍身绫罗，插金戴银，刘姥姥差点把平儿当成凤姐儿叫“姑奶奶”。刘姥姥正左顾右盼时，只听见说奶奶来了。刘姥姥屏气凝神静候，听得衣裙窸窣，笑语欢声，约有十几个女人进了堂屋。接着听见传“摆饭”，不大会儿，抬下一张炕桌，碗盘罗列，盛满鸡鸭鱼肉，只动了几筷子。板儿闹着要吃肉，被刘姥姥打了一巴掌。

有人带刘姥姥和板儿来到堂屋，见炕上坐一天仙般的丽人儿。知道是凤姐，又是拜又是问安，又百般哄板儿出来作揖。板儿躲在她身后，死活不肯出来。

凤姐儿笑着对刘姥姥说：“亲戚不走动，都疏远了。知道的，说你们嫌弃我们；不知道的，还以为我们眼里没有你们。”

词语积累

眉开眼笑（méi kāi yǎn xiào）

眉头舒展，眼含笑意。形容高兴愉快的样子。出自元·王实甫《西厢记》第二本："彼见昨日惊魂魂魄，今日眉花眼笑。"

例句：你们几个眉开眼笑的，有什么好事了？

近义词：笑逐颜开、眉花眼笑。

反义词：愁眉不展、愁眉苦脸。

刘姥姥说几句客气话，凤姐儿叫丫头抓些果子叫板儿吃。说了一点闲话，刘姥姥想说正题，但不知怎么开口，先脸红起来，只得不顾脸面地说："初次见姑奶奶，按理是不该说的。只是大老远地来，少不得说了。只因板儿他爹娘连吃的都没有，天气又冷了，只得带着你侄儿奔这儿来了。"说着，又推板儿，让板儿说，板儿只顾吃果子，什么也不说。凤姐儿笑着制止她："不必说了，我知道了。"就让下人先给她安排饭。

趁刘姥姥吃饭的空，凤姐派人去问王夫人，了解这个板儿家和王夫人家的关系。回来报告说："板儿家的祖上和老太爷在一起做官，因此联了宗。那时，板儿家来人，从没让空手回去 。如今来了，别怠慢了。有什么事，二奶奶做主就是了。"

待刘姥姥吃完饭，凤姐一边和刘姥姥诉苦，一边叫人取了二十两银子和些旧衣物给刘姥姥。刘姥姥**眉开眼笑**地说："我们也知艰难的，但俗话说：'瘦死的骆驼比马大。'您老拔根汗毛，比我们腰还粗哩！"说着，千恩万谢辞别出来，从后门走了。

知识链接

联宗是怎么回事？同姓的人联成一个宗族。两个人或者两个家族虽然同姓，但不是一个祖宗排下来的，为了拉近两个人或者家族的关系，彼此确定为一个祖宗，这是就联宗。

元妃省亲

宝玉的父亲贾政过生日，来了许多亲戚朋友，大家正在热闹之际，忽然皇宫中有人来传贾政入朝。全家老小不知出了什么事，心情忐忑不安地等了好长时间。有跟随的人回来报信说，在皇宫中充任女史的贾政的大女儿贾元春，被选入凤藻宫，加封贤德妃，皇上恩准明年元宵节回家省亲。消息传来，贾府上下喜气盈盈，一下热闹起来。

词语积累

忐忑不安（tǎn tè bù ān）

心神极为不安。出自清·吴趼人《糊涂世界》卷九："两道听了这话，心里忐忑不定。"

例句：逃课回来的刘封听说老师来了，心里忐忑不安起来。

近义词：惶惶不安、坐立不安。

反义词：心安理得、悠然自得。

为迎接元妃省亲，贾府上下进行了仔细的安排，还专门修建了一座大观园。众人都掐着指头算计着元宵节的日子。

元宵节那天，贾母率荣、宁两府的各色人等，一清早就在大门口迎候。元贵妃坐八人抬绣凤銮大轿，由宫女们呼拥着进了大观园，众人跟随着在大观园内转了一圈。所到之处，只见雕梁画栋、金碧辉煌、佳木怪石、竹林掩映、树上挂满各种绢花，池中有螺蚌制成的彩灯。元贵妃看后，暗叹过于奢华浪费了。

逛完大观园，众人把元春迎进客厅落座。与贾母、王夫人等相见。多年不见，大家相对无言，只是哭泣。最后还是元春止住哭声，开口说："当初送我到那不得见人的地方，好不容易才回一次家，大家不说笑只顾哭。我回去了，不知何时才能再

见……”说着又哭起来。元春说一句，哭一句，说皇宫“终无意趣”，很没意思，说自己非常想念在家自由自在的亲人们。

【成长智慧】

节俭，是中华民族的传统美德，虽然今天的生活富裕了，但艰苦奋斗却没有过时。成功由勤劳节俭开始，失败因奢侈浪费所致。节俭是一个人的重要品质。

下人们把宴会备好请贵妃入席。饭后，元春又看了薛姨妈和宝钗，又请姐妹们与宝玉咏诗。看了宝玉和黛玉的诗，元春喜之不尽。好容易回来一次，元春对每个家里人都有赏赐。众人又陪元春看了几出戏，也就都散了。

临走时，元春拉住贾母、王夫人的手，要她们保重身体，并叮嘱如下次省亲，切不可浪费，说完悲悲切切地转身而去。

这次省亲之后，元妃再无出宫机会。元春在皇宫中的生活并没有家里人想象的那样好，孤单、寂寞、无助、思亲，她厌倦皇宫的生活，逐渐成疾。又因政治纷争过度劳神，最后积劳成疾，死在宫中。

知识链接

贾家怎么有荣、宁两府？贾府分两支，一支是宁国府，一支是荣国府，且宁国府高于荣国府，因为最早宁国公和荣国公是同胞兄弟，宁国公居长，荣国公居次。贾母是荣国府最老的长辈，贾母之下还有两个儿子——贾赦和贾政。宁国府和贾母平辈的都不在世了，辈分最高的贾敬和贾政同辈。荣国府人丁比较旺盛，宁国府人丁寥落。

黛玉葬花

薛宝钗的哥哥薛蟠过生日，找人一起喝酒庆祝，当然少不了宝玉。薛蟠来找宝玉时，宝玉正在潇湘馆陪黛玉玩。薛蟠编个瞎话，说是老爷找宝玉有事，就把宝玉骗了出来。在薛蟠那儿，宝玉玩到很晚。

因为舅舅一直对宝玉管教很严，黛玉对宝玉有些担心。晚饭后，就一路溜达到怡红院，想看看宝玉有没有事。正巧，宝钗也在宝玉这里，黛玉不想让别人看到自己，就躲在外边。等宝钗走了以后，才去敲门。不巧的是，宝玉屋里的丫头晴雯和碧痕刚吵嘴正没好气，没听出是黛玉叫门，就说宝玉吩咐的不管是谁来都不许开门。多愁善感的林黛玉，觉得自己孤独无依，寄人篱下，被人拒之门外，遭到冷落。这些让人伤感的情绪一下子起涌了上来，她在外面悲叹了很久才回去。

词语积累

多愁善感（duō chóu shàn gǎn）

- 经常发愁和伤感。形容人内心多忧愁，感情脆弱。出自唐·陆龟蒙《自遣诗三十首》：“多情善感自难忘，只有风流共古长。”
- 例句：小菲是个多愁善感的女孩。
- 近义词：柔情似水、多情善感。
- 反义词：无情无义、铁石心肠。

第二天，正是祭祀花神，为花神饯行的日子。早上黛玉起的晚，大观园里的姐妹们都早已到园中作饯花会了。黛玉害怕别人笑话自己，连忙梳洗了出来。刚出门，宝玉来了，上前说话。黛玉却没理他，独自往外走。宝玉不知道是怎么回事，一边乱猜，一边随后追了来。

【成长智慧】

生活就是这样的纷繁复杂。人与人之间的误会，隔阂，乃至怨恨等常会发生，有些事本是小事一桩，时间一长也就忘记了。只要心地善良，互谅互让，误会怨恨也能变成令人感动和怀念的往事。

来到大观园，姑娘们已经把园子布置得非常华丽热闹。见宝钗和探春正在一边看鹤舞，黛玉走过去和他们一起闲聊，不理宝玉。探春见宝玉来了，把哥哥叫到了一旁商量事儿。等到事情说完了，宝玉发现黛玉不见了，便知道她肯定又是一个人躲到什么地方去了，就没去找她。

宝玉见地上很多落花，用衣服兜了一些，往去年和黛玉一同葬花的地方走。快到花冢时，只听山坡那边隐隐传来女孩子低低的哭泣声。那女孩子一边哭，一边嘴里好像还念叨着什么，听起来哭得十分的悲伤。

宝玉细听，那女孩哭的却是一首诗。那诗写得很好，如泣如诵，听着听着，宝玉禁不住悲感，坐到路边的石头上，怀里的花落了一地。宝玉已经完全被这诗歌倾倒了，听到悲凉处，竟放声大哭起来。

这一哭惊到了山坡那边的女孩子过来看，见是宝玉。宝玉抬头，发现竟然是黛

玉。二人四目相对，僵持了一会，黛玉长叹一声转身就走。宝玉忙用衣袖擦擦一下眼泪，叫住黛玉，问："我对你那样好，为什么你不理我？"黛玉就把前一天晚上的事情说了，宝玉知道是误会，于是忙解释，二人才又和好。

知识链接

怡红院，大观园中一景。也是大观园中最富丽堂皇的院落，是别号"绛洞花主、富贵闲人"的贾宝玉的住所。贾政初带宝玉游大观园时，宝玉题为"红香绿玉"，后贾元春将其改为"怡红快绿"，称"怡红院"。潇湘馆，大观园中另一景，与怡红院遥遥相对，是一处带有江南情调的客舍，是林黛玉客居荣国府的住所。

贾政惩罚不肖子

一天，王夫人躺在凉榻上，丫鬟金钏（chuàn）给她捶腿。宝玉平日就喜欢和丫头们胡闹，此时，他以为王夫人睡着了，他就和金钏调笑几句。没想到，

【成长智慧】

做错了事就应该接受惩罚。谁都有做错事的时候，最重要的是敢于承认，勇于接受惩罚，承担自己应该承担的责任。对于成长中的每一个人来说，没有惩罚的教育是不完整的教育。通过惩罚，吸取教训，从而改正错误，完善自己，以便更好地成长。

王夫人起身打了金钏一个耳光，又骂道：“好好的爷，都被你教坏了。”宝玉吓了一跳，哧溜跑了。王夫人又说要让金钏的妈妈把她领走。金钏觉得又委屈又丢人，就投井自尽了。

得知金钏含羞自尽，宝玉心里很不好受。又被王夫人说了一番，心中哀伤。正在这时，忠顺亲王府的人来找贾政，说府里有一个唱小旦的琪官，三五天不见影踪。各处查访，得知与宝玉相熟，特来找宝玉要人。

贾政一听，又惊又气，忙唤宝玉来问是怎么回事。宝玉开始还抵赖，对方拿出证据，宝玉自知无法隐瞒，只好说出了琪官的去处。贾政气得**目瞪口呆**，送走来人，贾政见贾环与几个小厮乱跑，就命小厮打贾环。贾环吓得筋酥骨软，灵机一动，说金钏跳井，他害怕才跑。贾政问是怎么回事？贾环又添油加醋说：“是二哥拉着金钏强奸未遂，打了一顿，金钏儿才赌气跳井了。”贾政气得七窍生烟，大喝：“叫宝玉来，拿绳子了，堵上嘴，打死他！”小厮们不敢违抗，只得把宝玉按在板凳上打。贾政嫌打得轻，夺过板子，狠命地打起来。

> **词语积累**
>
> **目瞪口呆**（mù dèng kǒu dāi）
>
> 形容因吃惊或害怕而发愣的样子。出自元·无名氏《赚蒯通》第一折：“吓得项王目瞪口呆，动弹不得。”
>
> 例句：听说小明被车碰了在医院里，几个孩子惊得目瞪口呆。
>
> 近义词：瞠目结舌、呆若木鸡。
>
> 反义词：从容不迫、气定神闲。

宝玉自知求饶也没用，起先还乱哭乱嚷，后来渐渐气息微弱，哭不出来。门客见贾政真往死里打他，纷纷劝阻。有人忙去里边报信，王夫人不敢惊动贾母，小跑赶来。贾政见了王夫人，如同火上加油，板子下得更重，王夫人只好抱住板子劝说。贾政又要用绳子勒死宝玉，王夫人抱住宝玉，要和宝玉一起死。贾政才长叹一声，放手坐到椅子上，泪如雨下。王夫人见宝玉脸无血色，绿纱内裤上尽是血迹，忍不住给他褪下裤子，见从大腿到屁股，没有一寸好肉。

这时，窗外传出贾母的声音。“先打死我，再打死他，岂不干净了！”贾政见老母来了，慌忙迎出来。贾母教训了一通贾政，来看宝玉，见打得实在太狠了，不禁又疼又气，也抱住他大哭起来。贾政看宝玉的伤，也后悔打重了，一个劲儿地向贾母认错。众人察看，没有伤筋动骨，一起想办法给宝玉治伤。

知识链接

琪官，《红楼梦》里忠顺亲王府一个唱小旦的戏子，大名蒋玉菡，小名琪官。宝玉和他是好友，曾有礼物互赠。琪官曾在城外购置了几亩田地，几间房舍准备过安静的日子，但被忠顺亲王府的人拿回。贾府败落后，琪官娶宝玉房中大丫头袭人为妻。

宝玉砸玉

一天，贾府的人要到一个道士观去游玩，宝玉也跟着去了。观里的张道士甚是热情，要说给宝玉做媒。又说他的徒子徒孙们听说宝玉是衔玉而生，都想开开眼界，他特意来请玉。贾母高兴，就让宝玉摘下通灵宝玉，交给张道士。贾母与众人到各处玩了一会儿，张道士送玉回来，还送宝玉许多礼物。宝玉翻拣道士送来的礼物，见一个点缀着翠鸟羽毛花纹的麒麟，拿起来看。宝钗看到了说：“史湘云也有一个这样的。”宝玉把麒麟揣在怀里。看了一眼黛玉，有些不好意思地笑着说：“这个东西倒好玩。我给你留着，到家穿上绳你带。”黛玉一扭头，说：“我不稀罕！”

第二天，宝玉烦张道士给他说亲，不想再去。黛玉中了暑，也没去。宝玉见黛玉病了，去探问。黛玉劝宝玉看戏去，宝玉正恼张道士给他说亲，认为黛玉故意奚落他。心里生烦，不由沉下脸来，说："我白认识了你，罢了！"黛玉冷笑着抢白他："我哪里像人家有金锁、麒麟，配得上你！"两个你一句我一句地吵了起来。黛玉说宝玉："是因为张道士为你说亲，怕我拦了你的好姻缘，拿自己撒气！"

宝玉生来痴情，早就在心中对黛玉有一种朦朦胧胧的感情，只是没说出来。黛玉也是痴情，常用假情试探宝玉。再加上黛玉常疑心"金""玉"之说，她一提"金""玉"宝玉就着急，二人时时因此发生口角。今天，宝玉又听黛玉说出"好姻缘"，更加怒火中烧，噎得话都说不出来。赌气摘下玉来，**咬牙切齿**地狠命一摔，说："什么玩意儿！我砸了你，就完事了！"那玉坚硬异常，丝毫无损，宝玉就找东西砸。黛玉哭着说："你何苦摔那哑巴东西？砸它不如砸我！"

> **词语积累**
>
> **咬牙切齿**（yǎo yá qiè chǐ）
>
> 形容极端仇视或痛恨。也形容把某种情绪或感觉竭力抑制住。出自元·孙仲章《勘头巾》第二折："为甚事咬牙切齿，諕的犯罪人面色如金纸。"
>
> 例句：说到那几个骗子，老大妈恨得咬牙切齿。
>
> 近义词：恨之入骨、切齿痛恨。
>
> 反义词：笑容可掬。

几个丫头劝不开，想夺玉，也夺不下来，忙让人去叫袭人。袭人慌忙赶来，才夺下玉。袭人见宝玉气得脸色蜡黄，眉眼错位，劝道："你和林妹妹拌嘴，犯不着砸它。让林妹妹的脸上怎么过得去？"黛玉听这话说在心坎儿上，见宝玉连袭人都不如，更加伤心，放声大哭，把方才吃的解暑汤呕吐出来。看黛玉那痛苦的模样，宝玉后悔不该和她较真，不由流下泪来。袭人想劝宝玉，又怕冷了黛玉，索性也哭起来。三人默默无言，各哭各的。

哭了一会儿，袭人又劝说："你不看别的，就看这玉上穿的穗子，也不该同林姑娘拌嘴。”黛玉抓过剪子就将穗子铰成几段。黛玉说她白费了心，宝玉说他再不戴玉，袭人又自责不该提玉。正说着，贾母与王夫人慌慌张张地赶来了。原来婆子们怕二人闹出事来连累她们，跑去报告的。贾母见二人已不再闹，带上宝玉走了。

【成长智慧】

生活、学习、工作中经常会产生矛盾，这时需要相互之间多理解。学会换位思考，多为别人想想，处在不同的角度想想，很多问题就变得简单了……这样朋友间的关系才会更和谐，相互之间相处才能更融洽。

知识链接

通灵宝玉，《红楼梦》中屡次提到的一块重要的玉石名称。书中说，这块玉本是女娲炼就的一块顽石，因没有用来补天而随神瑛侍者（即后来的贾宝玉）入世，幻化为贾宝玉落胎时口衔的美玉，上有“通灵宝玉”四字。

晴　雯： 服侍贾宝玉的四个大丫鬟之一。她长得风流灵巧，水蛇腰，削肩膀，口齿伶俐，聪明过顶，个性刚烈，反抗性极强，敢爱敢恨。

刘姥姥： 善良正直，聪明能干，很重情义，具有坚韧不拔的毅力。是一个目不识丁但却左右逢源的农村老太太。

王熙凤： 长着一双丹凤三角眼，两弯柳叶吊梢眉，身量苗条，精明强干，深得贾母和王夫人的信任。口才与威势是她谄上欺下的武器，攫取权力与窃积财富是她的目的。然而最终却落得个“机关算尽太聪明，反算了卿卿性命”的下场。

王夫人： 宝玉之母。她虽是贾家的二儿媳，但深得贾母的信任，是贾府的实权派。虽是个时常吃斋念佛的“善人”，可心并不善，甚至很恶，虚伪而残酷。

晴雯撕扇

端午节到了，但宝玉的心情却很糟糕。一连串不遂心的事让他很有些郁闷。王夫人见宝玉没精打采，也只当是金钏的事，越发不理他。黛玉见宝玉懒懒的，只当是他因为得罪了宝钗的缘故，心中也不自在。大家都随着王夫人的脸色行事。好好一个端午节，就这样淡淡地过去了。平素喜欢热闹的宝玉心中闷闷不乐，回至自己房中长吁短叹。

丫鬟晴雯来换衣服，一没注意把宝玉的扇子失手跌在地下，将扇子股跌折了。若在平时，宝玉是不会计较这点小事的。可是，今天，宝玉心内糟糕之极，晴雯就成了倒霉的出气筒。宝玉把一腔无名火都宣泄在晴雯身上。宝玉叹道："蠢材，蠢材！将来怎么样？明日你自己当家立事，难道也是这么顾前不顾后的？"

此时若换做袭人、麝月等人，或许顺着宝玉的话，认个错，也就遮掩过去了。偏偏晴雯是个火爆脾气。她认为宝玉是故意挑自己的不是，于是立马反唇相讥。宝玉哪能相让，两人吵了起来。这下宝玉房里炸了锅，来劝架的袭人也被晴雯骂了个**灰头土脸**。最后，

词语积累

灰头土脸（huī tóu tǔ liǎn）

满头满脸沾满尘土的样子。也形容懊丧或消沉的神态。出自宋·释普济《五灯会元》卷二十："灰头土面，带水拖泥，唱九作十，指鹿为马。"

例句：两个人从乡村公路一路走回来，到了家才看到都是灰头土脸的。

近义词：灰头土面、没精打采。

反义词：容光焕发、光彩照人。

宝玉一定要找母亲去说一说，袭人等一帮丫鬟跪下求情才算罢了。

【成长智慧】

在生活中，人与人之间难免会发生一些矛盾。产生矛盾后，有的人往往只会指责对方的错误，而没有认识到自己的错误，矛盾也就越来越深。所以，要学会化解矛盾，朋友间的小矛盾，同学之间的小别扭都可以化解。矛盾化解了，生活才会更美好。

这一场吵闹之后，宝玉房中诸人都很不自在。黛玉听说了，过来和大家调侃了几句，缓和了一下紧张气氛。正好，薛蟠来请宝玉吃酒，宝玉离开了。回来时宝玉已带了几分酒意。宝玉和晴雯虽然内心还别扭着，但也都平和了许多。宝玉主动和晴雯说："你的性子越发娇惯了。弄坏了扇子，我不过说了那两句，你就说上那些话。说我也罢了，袭人好意来劝，你又说她那些话，你自己想想，该不该？"

晴雯没有回答，宝玉接着又说："你爱打就打，这些东西原不过是借人所用。你爱这样，我爱那样，各自性情不同。比如那扇子原是扇的，你要撕着玩也可以使得，只是不可生气时拿它出气。就

如杯盘，原是盛东西的，你喜听那一声响，就故意的碎了也可以使得，只是别在生气时拿它出气，这就是爱物了。”宝玉主动寻求和解，晴雯也是冰雪聪明之人：“既这么说，你拿扇子来我撕，我最喜欢撕的。”宝玉听了，夺过麝月手里的扇子，递与晴雯。在宝玉的纵容下，晴雯毫无顾忌，把那把扇子撕成了几半。两人心中的芥蒂终于消除了。

知识链接

宝玉的丫鬟和小厮：丫鬟是婢女，旧时有钱人家买卖役使的女孩子，也叫“丫头”、“丫环”，没有人身自由。小厮，是指未成年的男性仆从。在红楼梦中，经常说到的宝玉的丫鬟有：袭人、晴雯、麝月、秋纹等；小厮有茗烟、扫红、锄药等。

刘姥姥再游大观园

秋天的时候，刘姥姥又带着板儿来到贾府，带来些乡下的枣子、南瓜、野菜。平儿接待她们吃饭，当知道这一顿饭值二十多两银子时，刘姥姥说：“这一顿的

【成长智慧】

任何人都应该被尊重。不要看不起别人。也许在我们看来很简单、很容易的事情，别人做时费了很大的精力才成功，但那也是别人千辛万苦下了非常大的决心和毅力才做到的。

钱，足够一户庄稼人过一年的。”贾母听说她来了，想见一见她。

拜过贾母后，贾母让刘姥姥多住几天，到大观园尝尝果子。凤姐也趁势让她住下了，把乡下的事说给老太太听。刘姥姥坐在贾母榻前，说些乡下的故事。宝玉与姊妹们听得稀罕，觉得比盲先生的说书还好。说了半晚上，贾母很感兴趣，王夫人也听呆了。

次日，正赶上老太太和宝玉要到大观园赏菊花，刘姥姥也一起参加。凤姐为刘姥姥插了一头菊花，逗得众人笑个不停。来到沁芳亭，刘姥姥见到处都是画便道：“我们乡下人，过年时上城里来买画贴，想着那画儿不过是假的。谁知我进园一瞧，竟比画儿上强十倍！要是照这园子画一张，带回去给乡下人瞧瞧，死了也值了。”贾母就说惜春会画，明儿画一张。贾母又领着她各处看看，刘姥姥见哪儿都新鲜，惊叹不已。

开宴时，刘姥姥入座，拿起一双四楞象牙镶金的筷子，沉甸甸的不顺手。刘姥姥说：“这个叉扒子比我们那儿的铁锨还重，哪里拿得起它？”凤姐儿把一碗鸽子蛋放在刘姥姥桌上。根据凤姐的意思，为了叫贾母高兴，刘姥姥站起来高声说：“老刘，老刘，食量大如牛，吃个老母猪不抬头！”众人先是一怔，接着哄堂大笑。湘云撑不住，一口茶全喷了出去。黛玉笑岔了气，宝玉滚到贾母怀里，王夫人指着凤姐儿，笑得说不出话来。刘姥姥又伸筷子夹鸽蛋，怎么也夹不住，好容易夹起一个来，没到嘴边就滑掉地上。贾母忙让人给她换了筷子。刘姥姥说：“去了金的，又是银的，到底没有我们那顺手。”贾母听她说得有趣，把自己的菜给了她。

吃过饭，众人又来到另一处喝酒。贾母提议行个令，才热闹。于是还是让鸳鸯当令官。刘姥姥害怕，离席要跑，小丫头把她拉上席，鸳鸯说：“再跑罚一壶！”刘姥姥怕罚，才勉强坐下。大家行令喝酒，刘姥姥又弄出了许多笑话。饮完酒，又听曲子。刘姥姥如听仙乐，有几分酒意，禁不住**手舞足蹈**，逗得众人乐得不行。听完

曲子吃小点心，刘姥姥见小点心玲珑剔透，花样繁多，拣起一朵牡丹花样的，想吃又舍不得，直到贾母说走的时送她一坛子，刘姥姥与板儿一样吃了些。一行人又来到妙玉的栊翠庵。妙玉献上“老君眉”茶，水是去年存的雨水。贾母吃了半盏，刘姥姥一饮而尽。临走，妙玉嫌刘姥姥脏，要摔她用过的杯，宝玉见了要过来，说是送给刘姥姥，卖了也够过几个月生活了。

词语积累

手舞足蹈（shǒu wǔ zú dǎo）

两手舞动，两脚跳动起来。形容很高兴的样子。也有手乱舞、脚乱跳的狂态。出自《诗经·周南·关雎·序》：“咏歌之不足，不知手之舞之，足之蹈之也。”

例句：说到高兴处，姐姐手舞足蹈起来。

近义词：欢天喜地、欢欣鼓舞。

反义词：闷闷不乐、不苟言笑。

刘姥姥有些喝多了，想去方便不知怎么就从后门转到了怡红院。众人四处找时，袭人在宝玉的房里找到了她。只听她鼾声如雷，酒臭、屁臭充满房间。

次日，刘姥姥要走。凤姐儿与王夫人送了她一百多两银子，还有绫罗绸缎等半车，刘姥姥念了几千声佛，上车离去。

知识链接

妙玉，也是《红楼梦》中的主要人物，是一个带发修行的尼姑，原本是官宦人家的小姐，美丽、博学、聪颖，但也极端孤傲、清高、不合群。不为世俗所容，投奔贾府，居于大观园的拢翠庵。在十二金钗正册中她排名第六。

凤姐借刀杀人

凤姐的丈夫贾琏没事时，常到宁国府帮忙。见贾珍家的尤二姐貌美，不由垂涎三尺，贾蓉给他出主意："瞒着凤姐，另置一套房子，讨二姐当二房，不时去住上几天。即使贾赦、凤姐知道了，也可以凤姐未生男孩，为了子嗣当借口。"贾琏一听高兴万分，就这样做了。

纸里包不住火。贾琏在外偷偷娶了二房，凤姐知道后，也不动声色，只与平儿悄悄商量。待贾琏出去办事的时候，来到尤二姐的住处，一番花言巧语，尤二姐竟把她当成善面佛心的亲姊妹。她见二姐中了圈套，就把二姐接回到大观园中。对贾母说，是自己给贾琏选的二房来讨老祖宗欢心。尤二姐住进来后，凤姐指使丫鬟们对她指桑骂槐，三天两头不给送吃的，用的东西也没有。尤二姐告诉凤姐，凤姐却说："丫头服侍不到的，你尽管说，我打她们。"妹妹长妹妹短的一番亲热，当面再把丫头们一顿训斥。如此，尤二姐怕人说她不贤良，再也无法说出口。这边尤二姐老实了，那边凤姐到宁国府，找上贾珍父子与尤氏大闹一场，吓得贾珍借故躲出，贾蓉自打耳光。她又寻死觅活，把眼泪鼻涕蹭了尤氏一身。尤氏只好怒骂贾蓉，丫头、媳妇跪了

【成长智慧】

做人，应当光明磊落。面如明镜，心如清泉，行如骏马，言如玉石，堂堂正正。对人，应当坦坦荡荡，不应小肚鸡肠。做事，要思己及人，害人之心不可有，要知道害人就是害己。

一地，代主子向她赔罪。凤姐儿见闹得差不多了，见好才收。

贾链办事回来，父亲贾赦很高兴，把自己的得意丫鬟秋桐赏他为妾。他回到家，原以为凤姐儿会醋海生波，大闹一场。不料，凤姐不仅对尤二姐好，对秋桐也很宽宏，暗中还有些纳闷。凤姐暗中却动了不少心眼。

贾琏得到秋桐，也顾不上管二姐了。凤姐时时教唆秋桐，说二姐是二房奶奶，连她也让三分，让秋桐对二姐尊重些。这一来如火上浇油，秋桐自以为是贾赦赏赐的无人敢冒犯她，根本不把凤姐放在眼里，更何况尤二姐。在凤姐的挑拨下，秋桐找理由大骂尤二姐一通。还在贾母、王夫人面前告尤二姐的状，说她如何争风吃醋。贾母不明事理，也不喜欢尤二姐了。众人见贾母不喜欢她，也都跟着不喜欢，甚至有人不免又往上践踏几脚。尤二姐在这多方打击，过了一个月，就病倒了。

贾琏来看尤二姐，尤二姐说已有五个月身孕，求他请医给她看病，若生个男孩，还有活命，不然性命难保。贾琏请大夫来看，不料那大夫又开错了药方，服药后竟然将一个成型的男胎打了下来。尤二姐流血不止，昏迷过去。

凤姐点上高香，祷告说情愿让她生病，也要保佑二姐早些好。贾琏大为感动，众人无不称赞凤姐贤德。凤姐又请人来算卦，算卦的说是属兔的女人冲的。偏偏这一房只秋桐属兔。秋桐见贾琏对二姐十分尽心，心中早浸一缸醋。又见说她冲了二姐，又哭又骂尤二姐。晚上，尤二姐自杀了。

凤姐**借刀杀人**，铲除了情敌，巩固了自己在贾母和贾琏心

词语积累

借刀杀人（jiè dāo shā rén）

比喻自己不露面，借别人的手去害人。出自明·汪廷讷《三祝记·造陷》：“恩相明日奏仲淹为环庆路经略招讨使，以平元昊，这所谓借刀杀人。”

例句：黑帮分子想借刀杀人，破坏公安人员内部的团结，我公安人员将计就计，把他们一网打尽。

近义词：以夷制夷、暗箭伤人。

反义词：亲历亲为、身体力行。

中的地位。

贾琏、贾珍、贾蓉、尤二姐之间的关系：贾琏和贾珍是堂兄弟，贾珍后娶个妻子叫尤氏，尤氏带来了两个女儿：尤二姐和尤三姐，贾蓉是贾珍的儿子。

王夫人检抄大观园

【成长智慧】

生活中许多时候，想害别人却害了自己。为人多做一些善事，多做一些有益于别人的事，遇到有困难的人多去帮助一下，做个心地善良的人，好人有好报。这是千古不变的真理。

这几日，凤姐身体不好，管理松了一些，大观园里的人开始放肆起来。竟有一些管事的人，偷主人的东西设局赌钱，贾母严厉地处罚了那些人。大家都对下人们偷东西很生气，邢夫人和王夫人也责怪姑娘们对自己的下人管教不严。

一波未平，一波又起。邢夫人到园中散心，碰见贾母的小丫头傻大姐，手中拿个花花绿绿的东西，笑嘻嘻地边走边看。邢夫人问："拿的什么玩意儿？让我瞧瞧。"接过一看，却是一个绣有春宫图的五彩香囊。邢夫人很是吃惊，问从哪来的？傻大姐说在山石后面捡的。邢夫人拿着香囊找王夫人，王夫人很是生气，把香囊扔

到凤姐面前，问这东西怎么到园里去的。凤姐吓了一跳，忙解释这东西不是自己的。她纵然有，也不敢带在身上。“是不是奴才中年轻的媳妇们的，或者是其他一些小妾或者一些年纪大一点的丫头的？”王夫人问她想怎么办？

凤姐提议，若是直接追查香囊，怕大家都不好看。不如趁这机会，以查赌为名，在大观内查点。王夫人也觉得应该整顿一下大观园，同意检抄大观园。

凤姐安排人，恰巧邢夫人的陪房王善保家的奉命催办此事，王夫人让她也跟着抄检大观园。

这个王善保家的来个火上加油，提议晚上锁了园门，冷不防抄检，也许可以抄出更多的东西来。晚上，抄检的人一齐进园，先锁了门，从门房查起，接着来到怡红院。宝玉问是怎么回来，凤姐说丢了件东西。丫头们打开箱子，让抄检的人看，也没查出什么来。查到晴雯的箱子，晴雯因对王善保家的生气，一下子把箱子掀个底朝天，王善保家的讨个没趣。一行人离了怡红院，直奔潇湘馆。在紫鹃的箱子里抄出几件宝玉的东西，自以为拿到赃证。王善保家的正在得意，凤姐说黛玉与宝玉二人经常交换礼物。王善保家的空欢喜一场。

众人来到探春处，探春已得到消息，命丫头大开院门，持烛迎候。探春只让查她的，不让查丫头的，王善保家的自以为是邢夫人的人，掀起探春的衣裳查，被探春在脸上打了一巴掌指着鼻子怒骂一通，王善保家的讨个没脸，要去告诉王夫人，探春也不服气。凤姐把她们劝开，又来到了稻香村，一无所获。

词语积累

一无所获（yī wú suǒ huò）

什么东西都没有获得。出自五代·王定保《唐摭言》：“然日势既暮，寿儿且寄院中止宿，颢亦怀疑，因命搜寿儿怀袖，一无所得，颢不得已遂躬自操觚。”

例句：他们本来想得到点消息，可是没找到人，一无所获而归。

近义词：一无所得、空手而归。

反义词：满载而归，收获颇丰。

接着来到惜春处。惜春没经过大事，吓得手足无措。王善保家的在入画的箱中查出一包银子、一块腰带上的玉板，还有一双男人的鞋。入画解释说是她哥哥和父亲的。凤姐说，“明天调查清楚”。

来到迎春处，在她的丫鬟司棋的箱子搜出一双男子的鞋袜、一个同心如意、一张大红双喜帖子。一问，是一个叫潘又安的人给的。上面写道：他已买通张妈，设法在园内相会；司棋捎的香串已收到，捎去香囊一个，聊表心意。司棋是王善保家的外孙女儿，王善保家的本想拿别人的错，不料却拿到她外孙女儿，不由又气又臊，连打自己的脸。司棋倒横下心来，不惧不羞。凤姐儿怕她寻短见，派两个婆子把她看起来，众人才散去。王善保家的回去被邢夫人好一顿打，怪她多事。

知识链接

探春、迎春、惜春、元春之间的关系：红楼梦中，探春、迎春、惜春、元春是叔伯姐妹。其中，元春和探春是亲姐妹，是贾政的女儿；迎春是贾赦的女儿，和元春、探春是亲叔伯姐妹；惜春是贾敬的女儿，和元春、探春不是亲叔伯的姐妹。

丢玉失魂

怡红院中的海棠在晴雯死那年春天，突然枯了半边，这年入

冬的十一月又开了花。贾母和众人来宝玉这里瞧稀罕。有人说是好事，有人私下说不是好兆头。凤姐让平儿送两匹红绸给宝玉贺喜，暗中却让平儿告诉袭人：怕不是好事，剪块红绸子挂在树上避邪。

众人离去，宝玉回房。贾母来时，宝玉因匆忙换衣裳，把玉放在炕桌上没顾上戴。这时再找，竟不见影踪，把丫头们都吓坏了，到处都找不到。园中人闻讯也都赶来，探春让关上门认真找，众人把厕所都翻了一遍，仍未找到。李纨为洗清白，要求搜众人。探春觉得，谁偷了玉，也不会放在身上找死，必是有人使坏。众人想起方才贾环到处乱跑，是不是他干的？于是把贾环哄来问一问，没想到一问，贾环哭着跑了。不一会儿，贾环的妈妈赵姨娘**惊天动地**哭着来闹，王夫人来了才止住她们。王夫人听说丢了玉，泪如雨下。想回明贾母，要把邢夫人那边的人也查查。凤姐儿抱病赶来，说是不能这样查，谁都知道查出来没有活命，反会毁玉灭证，只有瞒着老太太、老爷暗地查，可能会查出来。王夫人传令，谁也不许声张，暗中查找。

> **词语积累**
>
> **惊天动地**（jīng tiān dòng dì）
>
> 使天地惊动。形容某件事的声势或意义极大。出自唐·白居易《李白墓》诗：“可怜荒冢穷泉骨，曾有惊天动地文。”
>
> 例句：众英雄聚义梁山，做出了惊天动地的大事。
>
> 近义词：震天动地、震天撼地。
>
> 反义词：微不足道、不足挂齿。

众人找不到，又去找测字先生测字，能想的办法都想了。只有黛玉暗喜，宝玉的玉一丢，岂不破了“金玉”之说？对她有益无害。

这边正为丢玉闹得不可开交，元春又突患重病而死，贾家上下又都忙元春的事。

宝玉自丢了玉，一天到晚傻呵呵的，只是呆坐不动。叫他做什么就什么，不叫做，他就什么都不知道，吃饭睡觉都是这样。袭人

【成长智慧】

一个人要养成独立思考的习惯，学会独立地判断事物的真伪。靠自己的思考了解事情真相，做出正确判断。这对妥善地解决问题很有益处。

请黛玉来开导宝玉，黛玉因为听说贾母和王夫人要给宝玉说亲，没好意思去。袭人去请探春，探春从宝玉丢玉、元春病逝上已证实海棠开花的凶兆，只怕家道要败落，没有心情去。宝钗想去探看，妈妈说王夫人正在为宝玉提亲，她不能去，宝钗只好作罢。

这可苦了袭人，不管她怎么劝，宝玉竟如木偶一般，越来越傻。凤姐以为宝玉是丢了玉气的，看他那失魂落魄的模样，就请大夫来看，几个大夫也没治好。

贾母忙完了元春的丧事，来看宝玉，袭人让他迎接他就迎接，让他请安他就请安。问他话，他嘻嘻傻笑，教一句说一句。贾母愁起来，追问到底为什么生病。王夫人只得说出原因。贾母急得直掉泪，就命写出告示，悬以重赏。交来玉者，赏银万两。告示贴出去后，还真有人做了个假玉来骗钱，凤姐拿那个假玉给宝玉看，宝玉接过玉就扔了。

知识链接

宝玉的亲兄弟姐妹：在《红楼梦》中，贾宝玉的亲兄弟姐妹共四人，一个哥哥贾珠（同父同母，妻子李纨），贾珠年轻时就死了；一个弟弟贾环（赵姨娘所生，同父异母），一个姐姐元春（同父同母）；一个妹妹探春（赵姨娘所生，同父异母）。

宝玉中计娶宝钗

贾政正被家中各种事搅得闹心，朝廷又派他到外地做官。众亲友来祝贺他升官，他也无心应酬。贾母和他商量，不如趁他在家，给宝玉与宝钗成亲，一来冲冲喜，病可能会好；二来宝玉有个管教，病好后不会再胡闹，好上进。贾政权衡利弊，也就答应了。

袭人提醒说："宝玉虽糊涂，但心中只有林妹妹，听人提到黛玉就高兴。如果他知道是与宝钗成亲，会闹起来。"凤姐想个掉包计："先告诉宝玉，说是与林姑娘结婚，看他神情怎样？若是无动于衷，就这样办了；若是他很高兴，还要费一些周折。"贾母问凤姐："黛玉知道了怎么办。"凤姐说："我们都别吵嚷，只告诉宝玉一人。"

这天，黛玉来给贾母请安，回去时，遇到一个小丫鬟，无意中听说了贾母要给宝玉娶宝钗冲喜，黛玉心中如同打翻了五味瓶。脚下如踩着棉花一般，软绵无力，路也不认了，就在原地兜圈子。丫鬟紫鹃赶来，见她面色苍白，精神恍惚，问她怎么了，她才想起去问宝玉。进了宝玉的屋，宝玉正坐着傻笑。黛玉在对

词语积累

精神恍惚（jīng shén huǎng hū）

糊里糊涂的样子。形容神思不定或神志不清。出自楚·宋玉《神女赋》："精神恍忽，若有所喜。"

例句：因为发挥不好，小玲出了考场后有点精神恍惚。

近义词：神魂颠倒、神思恍惚。

反义词：精神焕发、全神贯注。

【成长智慧】

人生要懂得学会取舍，是自己的要努力争取，不是自己的，力所不能及的莫强求。要争取，是告诉我们要有上进心；莫强求，是告诉我们不要让自己进入功利心的误区。一个人功利心太强，总是想追逐得更多，反而会失去很多。

面坐下，也是傻笑。黛玉突然问：“宝玉，你为什么病了？”宝玉说：“我为林妹妹病的。”身旁的丫鬟吓得面目改色，想用话岔开，二人又不言语了，仍是傻笑。袭人知黛玉也痴迷了，只好让人送黛玉回去。来到潇湘馆门前，黛玉“哇”的一声喷出一口鲜血，往前栽去，从此一病不起。

次日，凤姐去试宝玉，一说给他娶林妹妹，就大笑起来，并要去看黛玉。凤姐见如此，只怕宝玉见了宝钗，打破这个谜，不知闹出什么事来。

当晚，王夫人、凤姐一唱一和地和薛姨妈说给宝玉冲喜的事。薛姨妈虽愿意，又怕宝钗受委屈，回家告诉宝钗，宝钗只是垂泪。两家开始张罗婚事，只是不让黛玉知道。

黛玉虽然吃药，病却一天重过一天。贾府里忙于宝玉的婚礼，也没人过来看她。黛玉知道自己难活命，把自己过去的诗稿都烧了。次日，黛玉病重，紫鹃去报贾母和宝玉，都找不到人，一打听才知道，宝玉今日成亲。

宝玉只知今日和林妹妹成亲，人逢喜事精神爽，虽有些傻气，却乐得手舞足蹈，却欢欢喜喜地同宝钗拜了天地。揭盖头时，宝玉见新人竟是宝钗，只当花了眼，一手端灯，一手揉眼，仔细再瞧，正是宝钗。再看伴娘已换成莺儿，不由发了呆，木桩般站着。众人接过灯，扶他坐下，他两眼直瞪，一言不发，却口口声声只要找林妹妹去。此时，黛玉已咽下最后一口气，潇湘馆已哭得一团糟，隐隐的一缕乐声，伴随着黛玉的芳魂飘散。

知识链接

五味瓶，字面意思就是装满了五味的瓶子。五味是指酸、甜、苦、辣、咸五种味道。《礼记·礼运》：“五味，六和，十二食，还相为质也。”注引说：“五味，酸、苦、辛、咸、甘也。”写文章时。单独的五味瓶的用法一般没有，他们是和打翻，打破等动词连用，是古人形象地说明某件事情让人品味到人生酸、甜、苦、辣各种滋味。

查抄荣国府

有一天，京兆尹贾雨村在街上遇到无赖倪二撒酒疯，命人把他关进大牢。倪二的娘子知道贾雨村与贾家的关系，就去贾家求情，荣国府门丁却不给她开门。倪二生气，出来后，把贾赦逼死人命、贾珍家死了尤三姐、贾琏家死了尤二姐及贾琏媳妇放高利贷盘剥百姓的事捅了出去。

朝廷调贾政回京，皇上问了他几个犯案的贾姓官员的事，他一一说明，皇上就让他退下，仍在工部任郎中。贾政回到家，看宝玉好一些，心中暗喜。听说

【成长智慧】

古人说：积善之家必有余庆，积恶之家必有余殃。多行不义，必自毙。利人者必利己，害人者终害己。种玫瑰者得花，种蒺藜都得刺。先哲圣贤留下的话真是深刻入骨的真理。

黛玉死了，不免落下泪来。

次日，众亲朋正给贾政摆酒接风，门人来报，锦衣府赵全来了。贾政刚迎进来，西平郡王来宣旨："贾赦勾结外官，依势凌弱，辜负朕恩，革去世袭职务。"赵全传令拿下贾赦，派人到贾赦院里（东府）抄家，又要抄贾政这边。西平郡王说："贾政与贾赦虽居一府，但已分家，这边就不要动了。"赵全不依，说："贾琏在这边管家，怎能没嫌疑？"就派人去抄贾琏家。不多时，来报说抄了许多御用衣裙，还从贾琏家抄出许多房地契、一箱借据。赵全正要全抄，北静郡王赶来传旨，只让赵全带走贾赦审问，其余事交西平郡王处理。二王爷叫过贾政，安慰他。御用物品原是贵妃的，他们可以帮他开脱，但借据却不好办。贾赦的家产他们也没法挽回，只好让赵全抄了。

贾母在后堂摆家宴，正吃得热闹，忽然报称东院被抄。平儿赶来说，琏二爷的家也被抄了。凤姐栽倒在地，昏死过去。众人魂飞魄散，贾琏慌忙回家，见箱柜俱开，东西被抢大半。贾政陪官员登记封存，二王问借据的事，贾琏情知是凤姐瞒着他干的，只好跪下认了。二王要把贾赦父子并案办理，让贾政放心。

贾政惊魂稍定，回上房安慰了贾母，说是有两位王爷照应，不会有大事的，贾母才缓过气来。邢夫人想回家，东院已被查封，只好到李纨处住下。贾政见贾府乱糟糟的，不由哀叹："完了，想不到一败涂地了！"

贾政安排人打听东府犯的什么事，才知道是贾珍勾引世家子弟聚赌，又强占民女为妾，逼死该女；贾赦与平安州的官员互相勾结，包揽讼词，虐害百姓等

词语积累

一败涂地（yī bài tú dì）

失败到了不可收拾的地步。出自《史记·高祖本纪》："天下方扰，诸侯并起，今置将不善，壹败涂地。"

例句：几个歹徒想和公安干警较量，结果一败涂地。

近义词：一蹶不振、望风披靡。

反义词：旗开得胜、东山再起。

等。多亏了西平、北静二王从中极力维持，大事化小，小事化了，贾赦、贾琏、贾蓉被从轻革官职，把贾赦发到边疆兵站效力，贾珍发到海防前线效力，财产入官。贾政虽对亲属有失管教，但念其常年在外任职，实不知情，加上是贵妃的父亲，免予追究，家产发还。

贾政领回登记在册的财产，但抄查时兵丁私藏的金银珠宝、捣毁的名贵家具、毁坏的古玩字画，就难以计数了。

知识链接

贾赦、贾政、贾琏、贾蓉、贾珍是什么关系：在《红楼梦》中，贾赦和贾政是亲兄弟，贾琏是贾赦的儿子。贾珍是贾政的叔伯兄弟贾敬之子，贾蓉是贾珍的儿子，贾蓉是贾政的孙子辈。

宝玉出家

贾母去世了，宝玉的病也慢慢地好了，正赶上科举考试，宝玉和侄子贾兰一起报名参考。临走时，宝玉给王夫人磕三个头，说："母亲生我，我无法报答，只有中个举人，便

【成长智慧】

追随自己的心，听从自己内心的声音，告诉自己什么是自己的志向，什么是自己想做的事情。只有按自己的志向发展，只有做自己想做的事情，才能尽自己的努力和兴趣，把全部的精力都投入进去，也只有如此，才能做出更好的成绩来。

是儿子一辈子的事完了，把不好都遮过去了。”王夫人更伤心，说：“你有这个心是好事，只是老太太不能见到了。”宝玉说：“老太太总会知道的。”

贾兰的母亲李纨觉得二人的话不吉祥，忙说：“你们爷儿俩定会中的！”宝玉给她作个揖说：“嫂子放心，我们爷儿俩是必中的，你有个好儿子，能够接续祖基。虽说大哥不在了，也算他的后事完了。”宝钗听他母子、叔嫂说的尽是不祥的话，又不好说什么，只得强忍泪水。宝玉向宝钗作个揖，说：“姐姐，我要走了，你好生跟着太太，听我的喜讯儿。”王夫人与宝钗如同**生离死别**，宝玉却嘻嘻哈哈，如同疯病复发，走出门去。

> **词语积累**
>
> **生离死别**（shēng lí sǐ bié）
>
> 分离好像和死者永别一样。指很难再见的离别或永久的离别。出自汉·无名氏《为焦仲卿妻作》诗：“生人作死别，恨恨那可论。”
>
> 例句：二狗被反动军队抓了壮丁，妈妈拉住他的手舍不得他走，哭得如生离死别一般。
>
> 近义词：生死永别、悲欢离合。
>
> 反义词：破镜重圆。

考完试，王夫人备好接场酒，盼望宝玉叔侄回来。等到晌午，不见回来，派人去找，找的人也不回来。王夫人、李纨、宝钗心如油煎。傍晚时，贾兰回来说二叔丢了。王夫人怔了，直挺挺地躺在床上，宝钗哭得翻起白眼，袭人哭成泪人。问起怎么丢的，贾兰说出了考场就不见了。宝钗、惜春、袭人已猜出八九分。

又过了几天，朝廷中来人报喜。宝玉中了第七名，贾兰中了第一百三十名。李纨、王夫人心中欢喜，只有宝钗暗自饮泣。大家说谁知道二爷是举人老爷，都会送回来，惜春却说：“只怕他入了空门，这就难找了。”探春也说王夫人：“只当没生过这位哥哥”。

皇上得知贾宝玉和贾兰是贾妃一族，又加上海疆捷报，龙心大悦，传旨大赦天下。贾赦的罪免了，贾珍仍袭三等世职。所抄家产，全部赏还。并传令天下，帮助找宝玉。

贾政去金陵安葬贾母，接到家书，知道家中的这些事情，心中欢喜。又为宝玉走失烦恼，便命开船回京。这天，天下大雪，贾政正坐在船里想什么事情，忽见船头出现一人，光头赤脚，身披大红猩猩毡斗篷，见他就跪下磕头。雪幕中看着隐隐像宝玉，他忙出舱来看，果真是宝玉，正想说话，忽见一僧一道不知从何而来，挟上宝玉飘然下船，如飞而去。贾政疾步追赶，赶过山坡，不见了三人。贾政回到京城，皇上降旨召见他，贾政奏明宝玉的事。皇上称奇，赏了宝玉“文妙真人”的法号。

知识链接

大赦天下，中国古代封建帝王以施恩为名，常赦免犯人。如在皇帝登基、更换年号、立皇后、立太子等情况下，常颁布赦令，赦免一批罪犯，或者让在外充军的人返回来，这种行为叫大赦天下。

水浒传

高　俅：《水浒传》中主要反派人物。一个市井小流氓，因蹴鞠而飞黄腾达，官至太尉。阴险狠毒，陷害忠良。

鲁智深：绰号花和尚，《水浒传》中主要的正派人物。见义勇为，嫉恶如仇，扶危济困，爱憎分明，仗义疏财，慷慨大方。

林　冲：绰号豹子头，是个逆来顺受、能够忍辱负重之人。一心想过那种富贵安逸的生活，但却屡遭陷害，被逼上梁山。他武艺高强、临危不惧、足智多谋、救弱济贫。

杨　志：外号青面兽。将门之后，武艺高强，精明警惕，一个侠义的人。一心想做官，“博个封妻荫子”，结果是赔尽小心。因为性格孤立，不会与他人协同，落得一场空。

无赖高俅

话说在北宋都城东京，有一个泼皮无赖，名叫高毬，斗鸡玩马，风花雪月，调戏民女，什么坏事都干。他的父亲对他实在忍无可忍，到官府告了他一状。结果，高毬被官府打二十脊杖，赶出京城。高毬无处安身，只好到外地投奔了一个开赌坊的柳世权。

柳世权看高毬是个无赖，不想长期收留他。过了一段时间，一纸书信把高毬送到了东京药商董将仕家里帮忙。董将仕见他是个破落无赖，怕留在家中影响孩子，将他介绍给了小苏学士。同样的理由，小苏学士又把他送到小王督太尉府里。

这一次，小王督太尉居然很喜欢高毬，待他如家人一般。一天，小王督太尉差他去给端王送东西，恰巧赶上端王正在踢球。高毬球踢得很好，也算是他的长项。他一见那圆圆的东西，心里就痒痒了。于是就站在边上看热闹，正好，球踢到他的脚下，高毬便上前使了个“鸳鸯拐”，将滚到自己脚边的球踢还端王。这令端王惊叹不已，高毬一脚便定了乾坤。

原来，这端王是当朝的皇族，是个球迷。看到高毬会踢球，就让他上场跟着自己踢一场，高毬一边叩头谢罪，一边对

【成长智慧】

从小要学习真本事。今天的社会，是一个需要真本事的社会，没有一点真本事，就很难在社会上站住脚。用真本事武装自己，自己有一技之长，走到哪里都不怕。

端王拜了再拜。端王见高毬对自己如此恭敬，开始喜欢上了高毬，再加高毬球技超人，端王便把他留在自己府中，陪自己踢球。

端王遇到了高毬这么个知音，非常欣喜。不久，当朝皇帝哲宗驾崩，因为没有太子，端王阴差阳错地即位当了皇帝，他就是宋徽宗。没过半年，徽宗便把高俅提拔为殿帅府太尉。这个充其量只能当足球教练的高俅，一下子当上了负责朝廷军事的高官。高毬发迹了，便将“毬”改做“俅”。从此，高俅在大宋官场中青云直上。

小人得志。高俅当上太尉的第一件事便是公报私仇。他发现东京八十万禁军教头王进正归他管，而王进的父亲曾因他在市井调戏民女揍过他。武艺高强的王教头知道在京城无法待下去了，连夜携母出逃。

词语积累

小人得志（xiǎo rén dé zhì）

人格卑下的人得到了权势。出自南朝·宋·何承天《为谢晦檄京邑》：“若使小人得志，君子道消。”

例句：秦勤真是小人得志，当了一个市场管委会主任就不知道姓什么了。

近义词：小人得势、奸人得志。

反义词：怀才不遇、生不逢时。

知识链接

小苏学士，据考证，小苏学士就是苏轼苏东坡。宋人王明清《挥麈后录》卷七中，对高俅的发迹说得比较详细：

高俅原本是苏东坡府中的小吏，苏学士见高俅的文章颇具风采，故而很欣赏他。于是苏轼将高俅转而荐于驸马都尉王晋卿。高俅在王晋卿府中一住就是七年，直到一个偶然的机会认识了端王。

花和尚鲁智深

王进逃出京城，路过史家庄时老母病倒了，只好暂时住在史家庄，教九纹龙史进武艺。史进打败了家乡附近少华山上的强盗朱武、陈达、杨春，并与他们结为朋友，不料被人告了官。官兵来围史家庄，史进和朱武等一起杀败了官兵，上了少华山。

不久，史进为寻师父王进来到渭州，巧遇了在此做提辖官的鲁达。二人一见如故，相约来酒楼喝酒。正喝得高兴时，忽然听到隔壁有人啼哭。鲁达是个直性子，一听就不高兴了，让店小二叫来啼哭的人，得知是金氏父女。原来，金氏女子被本地恶霸镇关西郑屠户霸占。鲁达一听大怒，便要立即就去找郑屠户算账，被史进劝住，他们赠了些银两给金氏父女，让他们赶紧逃走。次日，还是没消气的鲁达找到郑屠户，找茬和他动起手来，镇关西哪是鲁达的对手，鲁达三拳就将镇关西送了阎王。打死了人，鲁达官也不能做了，只好逃走。逃亡的路上，在雁门县又遇金氏父女，金老爷子的女婿赵员外听说鲁达是救命的恩人，就引荐鲁达上五台山文殊院剃度为僧。那里的智真长老为他取法名智深。鲁智深哪是在僧院里闲得住的人，两次酒后闹事，把

【成长智慧】

遇到别人有难处，能伸手相助时，要尽我们的所能伸手相助。人都是有感恩之心的，帮助别人，也是帮助我们自己，当我们有困难，别人也会出手相助。

山门都打坏了，僧众们都不敢和他来往。智真长老看在赵员外的面子上，给他写了一封书，让他投汴京大相国寺。路上，鲁智深又在桃花村醉打了小霸王周通，与史进重逢火烧瓦罐寺，杀了做作恶多端的生铁佛。

来到大相国寺后，主持见他不是好管的主，就让他去管寺庙里谁也管不好的菜园。鲁智深也落得个轻闲自在。

词语积累

作恶多端（zuò è duō duān）

做了许多坏事。也指罪恶累累。出自明·吴承恩《西游记》第四十二回："想当初作恶多端，这三四日斋戒，那里就积得过来。"

例句，犯罪团伙的主犯作恶多端，被处以死刑。

近义词：无恶不作、为非作歹。

反义词：好善乐施、泽被苍生。

菜园附近住着二、三十个游手好闲的泼皮，平日里常来偷菜。每有新人来看园，他们都要想办法治一治，省得看园人管他们偷菜。听说又新来个和尚，商量着给鲁智深来个下马威。哪知只三拳两脚，鲁智深就把几个为首的踢进了粪坑里，其他人吓得纷纷求饶。

次日，这伙人拿着酒菜来向鲁智深赔礼。他们就一起坐在树下喝酒，吃了一会儿，树上的几只鸟叫个不停，还有鸟粪掉在了他们的桌子上，泼皮们要搬梯子上树去拆掉岛窝。鲁智深说用不着那么费事，他打量了一下那棵绿柳树，把衣服一脱，弯下腰去，两手抱紧树干。腰一挺，一用劲，竟把那棵大树连根拔了起来。泼皮们全被惊呆了，纷纷跪在地上，拜鲁智深为师父，要跟他学武艺。倒拔垂杨柳后，镇服众泼皮，菜园基本上由他们帮助管了。

遭陷害的林冲路过鲁智深那里，两人结为生死朋友。后来，在野猪林里，解差董超、薛霸欲害林冲，鲁智深及时出手，救了林冲一命，此后一路护送到安全的地方。鲁智深上了二龙山打家劫舍，最后到梁山泊入伙。

知识链接

汴京，北宋的都城，一般说法叫汴梁，也称汴京、东京，即今天的河南省开封市。开封是七朝古都。开封之名源于春秋时期，因郑国庄公选此地修筑储粮仓城，取“启拓封疆”之意，定名“启封”。汉代景帝时，为避汉景帝刘启之讳，将“启封”更名为“开封”沿用至今。

林冲落草

林冲原为东京禁军枪棒教头，武艺高强。一日，林冲陪娘子到岳庙进香，高俅的干儿子高衙内看上了林冲的娘子。受过林冲之恩的陆谦，却帮助高衙内调走林冲，使得高衙内强行非礼了林娘子，林冲为此大怒，要找陆谦算账。高俅怕事情闹大了，对他儿子不利，陷害林冲，让林冲带刀进入白虎节堂，林冲因此被发配沧州。

路上，解差应陆谦的要求，要害死林冲，幸得鲁智深保护，林冲才得以活命。路过柴大官人的庄子时，柴大官人好生招待。柴大官人的教师洪教头非要与林冲比武，并想置林冲于死地，却不是林冲的对手。

【成长智慧】

人们在许多时候，忍气吞声、逆来顺受、委曲求全是不得已的。该说话时说话，该表达思想和意见时就要表达出来，这样，才能让别人更多地了解我们，也才能够赢得别人的尊重。

到了沧州，林冲

被安排到城防营。因为柴大官人的上下打点，林冲没受多少苦。他想，自己能安分守己活着就行，待有机会再回东京。

词语积累

安分守己（ān fèn shǒu jǐ）

规矩老实，守本分，不做违法的事。出自宋·袁文《翁牖闲评》八："彼安分守己，恬于进取者，方且以道义自居，其肯如此侥幸乎？"

例句：伯父是个安分守己的农民，从来都告诉我们要老实做人。

近义词：循规蹈矩、遵纪守法。

反义词：为非作歹、惹是生非。

一日，林冲无事闲走，遇到了酒生儿李小二。这李小二在东京时遇过难，林冲曾帮过他。后来，他来到沧州，在这里开了一家小酒店。林冲把自己的遭遇和他说了。见到恩人，李小二很是高兴，好酒好肉招待林冲。此后，林冲多得李小二的照顾。

那高俅没有害死林冲，一直不死心。他又派陆谦来到沧州。说来也巧，陆谦正好住到李小二的店里，他和城防营的管营、差拨商量怎样害死林冲时，被李小二听见。李小二急忙把这个消息告诉了林冲，林冲做了防备。

果然，没过几天，城防营的管营安排林冲去看护草料场，林冲和李小二告辞，说自己要到要草料场。李小二说："这个差使，往常不使钱得不到，收草料时有些小费。”林冲说：“不害我，倒与我好差使，正不知何意？”李小二说：“恩人多加小心就行。”

到了草料场，和那里的老军交接后，林冲见住处很破，又赶上外面下大雪，只好到附近的一个山神庙去对付一晚上。这救了林冲一命。

晚上，林冲正在山神庙里迷迷糊糊，忽然看见草料场火光四起。林冲刚要出门，听见几个人在山神庙旁说话：“这场火，烧不死林冲，也会叫他失职没命。”林冲一看为首的正是害自己的陆谦。林冲怒从心上起，提枪冲出门外，结果了几个人的性命。

次日，沧州牢城营里管营报告州尹说，林冲杀死牢城营的官人，放火烧了大军草料场。州尹大惊，随即写下公文帖，四处张贴，出赏钱捉拿林冲。林冲本来到了柴大官人庄上躲藏，见此情景，担心连累柴大官人，于是到梁山落草。

知识链接

白虎节堂是什么地方？“节”是古代大将出征时天子所授的军权象征。白虎象征西，宋时一般节堂在帅府之右，故称为白虎节堂。这里是商议军机大事的地方，是军机重地，任何人不经允许，是不得携带武器进入的。

杨志卖刀

杨志是杨家将的后代，也是武艺超群的人。因为脸上有大一

块青痣，人们就给他取了个外号，叫“青面兽”。杨志在京城做武官，奉命到外地运花石纲，路上翻了船，交不了差，只得流落他乡。后来，听说皇帝免了他的罪，就准备回京城再寻个一官半职。不想路过梁山，和正在山下要拿投名状的林冲打了起来，后被请上山去。杨志觉得自己是将门之后，一身清白，怎么也不能做“强盗”。于是，离开梁山，回京城去。

杨志进了京城，四处打点，总算见到了高太尉。高俅得知他是失了花石纲的逃犯，火冒三丈，不问三七二十一，把他抓了起来，投入大狱。友人为搭救他，钱都花光了。从狱中出来，杨志身上一无所有，只有祖上传下来的一口宝刀了。为了活命，杨志只好忍痛割爱，去市上卖刀。

> **词语积累**
>
> **火冒三丈**（huǒ mào sān zhàng）
>
> 火气冒出有三丈那么高。形容愤怒到极点。出自：陶菊隐《筹安会六君子传》：“章太炎以自己惨淡经营《民报》多年，一旦复刊，竟被摈斥，不由得火冒三丈。”
>
> 例句：小明听说有人背后说他的坏话，不由得火冒三丈起来。
>
> 近义词：怒不可遏、怒气冲冲。
>
> 反义词：心平气和、兴高采烈。

一个叫“没毛大虫”的无赖牛二，领着一伙人从杨志身旁路过。这牛二是京师有名的泼皮，专门在街上惹是生非，撒泼行凶，连开封府府尹都没法治他。因此，满城人见这家伙来，都要躲避。

牛二看上了杨志的刀，问杨志卖多少钱，杨志说要三千贯，牛二喝道：“什么鸟刀，要卖这么多钱！”杨志说：“我这是宝刀。”牛二说：“怎么叫做宝刀？”杨志解释说：“我这刀砍铜剁铁，刀口不卷，吹毛就断，杀人刀上没血。”牛二听说，就让杨志试试。杨志本不想卖他，但牛二不饶，杨志只好试了铜钱又试头发，果真如此。

牛二又让杨志试“杀人刀上没血？”逼得杨志没办法，说可以杀一条狗给他看。牛二撒泼说：“你说杀人，又没说杀狗！”杨志

不耐烦了，告诉牛二："你不买刀算了，别没完没了的缠我，我也不是好惹的。"牛二不买账，说："怎么，你敢杀我？"杨志说："我和你往日无冤，今日无仇，我杀你做什么！"

【成长智慧】

每个人的成长之路都不是平坦的，总会遇到坏人、恶人做坏事和恶事，我们要做一个坚持正义，爱憎分明的人，不惧怕那些坏人、恶人，敢于并善于用智慧和他们去斗争。

牛二以为杨志不敢把他怎么样，和杨志耍起横来。揪住杨志非要他的刀，杨志不给，二个你推我搡起来。牛二逼杨志说："你一刀杀了我，才算你是好汉！"杨志大怒，把牛二推了一跤。牛二爬起来抢杨志的刀，还说要打死杨志。围观的人谁也不敢上前来劝。牛二挥拳打向杨志，杨志"霍"地躲过，一时起性，拿着刀就朝牛二喉头上刺去。牛二立刻扑地身亡。

杨志收起刀，让围观的人给他一起到官府做个证。众人平时就恨透了牛二，都陪杨志一起到开封府。府尹听了事情经过，加上众邻居托人在衙门里说情，就减轻他的罪行。罚他到北京大名府留守司充军，那口宝刀没收入官库。

知识链接

花石纲，是北宋时专运送奇花异石以满足皇帝喜好的特殊运输交通名称。"纲"意指一个运输团队，往往是10艘船称一"纲"；如运马者称"马纲"，运米的称"米饷纲"，马以五十匹为一纲，米以一万石为一纲。由于花石纲船队所过之处，当地的百姓要供应钱谷和民役，让百姓苦不堪言。

七英雄智取生辰纲

杨志到了北京大名府留守司，被留守梁中书看中，提拔为提辖。正赶上当朝太师蔡京要过生日，做女婿的梁中书，要送十万贯金银珠宝给老丈人祝寿。去年在寿礼路上给强盗劫去了。这次，梁中书特意让武艺高强的杨志领头，和梁府的谢都管一起外加十几个身强力壮的军士，都打扮商人模样，押送着十一担"生辰纲"上路。

一路上，杨志担心被强盗抢劫，催促大家快赶路。有时中午也不休息。天气炎热，众军士热得吃不消，杨志就用藤条赶来他们，惹得人人都怨恨他。

走了二十几天，来到一个山林地带。中午时分，太阳像火球一样烤得大家汗流浃背，嗓子直冒烟。走到一片松树林边，军士们要休息，杨志大喊："这地方叫黄泥冈，总有强盗拦路抢劫，我们不能停留。"说着，又拿起藤条赶军士，但军士们就是不走。

谢都管看不起杨志犯人出身，就和杨志吵了起来，说他大惊小怪。杨志急得直跺脚。

正在这时，对面松林里一个人影**探头探脑**地向他们这儿

词语积累

探头探脑（tàn tóu tàn nǎo）

伸着头向左右张望。鬼鬼祟祟的探看。出自明·施耐庵《水浒全传》第四十五回："却好交五更时候，只见那个头陀挟着木鱼，来巷口探头探脑。"

例句：门卫发现一个人在校门口探头探脑的，便上前盘问。

近义词：鬼鬼祟祟、东张西望。

近义词：大摇大摆、正大光明。

张望。杨志提刀追了过去，见松林里摆着七辆独轮推车，七个推车人在树荫下乘凉。杨志问他们是干什么的？一个车夫说：“我们弟兄几个贩枣子上东京，路过这里。”

杨志回到林中，只得让大家暂且歇一会，等凉快些再走。

过了一会儿，只见一个汉子挑着一个酒桶，边走边大声唱着歌。上了冈后，就坐在军士们的旁边乘凉。军士们问那汉子：“桶里是什么东西？”

汉子回答：“是酒。”军士们要买酒喝，被杨志拦住，担心有蒙汗药。

这时，对面松林里那些贩枣子的人走了过来，连拉带扯在把卖酒的汉子领到他们那边，买了他的一桶酒喝。他们去车上取来瓢，围住酒桶，轮流舀酒喝。没一会儿，一桶酒都喝光了。他们又要喝另一桶，那汉子不卖，他们还抢走半瓢。

这边的军士们早就心痒痒了。谢都管对杨志说：“这地方也没处讨水喝。剩下的那桶酒我们买了吧，让军士们解解渴，也好赶路。”杨志见那伙人喝了一桶酒，剩下一桶也已喝了半瓢，也就同意了。

军士们向贩枣的人借了瓢，他们又送了一捧枣，大家就你一瓢我一瓢地喝了起来。杨志本来不想喝，见大家喝了没事，再加上口渴得厉害，也喝了半瓢。转眼间，桶底朝天。

只一会的工夫，杨志等众军士一个个头重脚轻，站立不稳，瘫倒在地。对面的七个人推过独轮车，把车上的枣子倒在地上，把十一担金银珠宝装上车，一溜

【成长智慧】

智慧可以战胜困难。生活中的许多事情，都需要我们多动脑筋去思考，有些事情看似很难，但只要我们多运用智慧，就一定可以战胜的。

烟地下冈去了。杨志浑身无力，想站站不起来，眼睁睁地看着生辰纲被人劫走了。

这七人不是别人，正是晁盖、吴用、公孙胜、刘唐和阮氏三兄弟。挑酒的汉子是白日鼠。这一切，都是吴用的计策，七英雄智取了生辰纲。

知识链接

提辖是个什么官职？《水浒传》中，杨志、鲁智深都做过官府的提辖。提辖只是宋代的官职名。宋代州郡多设置提辖，负责两种工作：一种是专管统辖军队，训练教阅、督捕盗贼；一种是管理茶场、杂物买卖场、文思院、物品库。杨志、鲁智深都应该是前一种。

宋 江：《水浒传》中的主要人物之一。因为孝顺讲义气，常在别人遇到难处时出手相助，人称“孝义黑三郎”、“及时雨”、“呼保义”。后带领梁山兄弟接受朝廷的招安，遇害而死。

李 逵： 人称黑旋风，是《水浒传》中的一位重要人物。为人鲁莽，心粗胆大、率直忠诚、仗义疏财，但他残忍嗜杀，许多无辜的人命丧他的斧下。

武 松：《水浒传》中的主要人物之一，人称行者武松。武勇非凡，有万夫难敌之威风，曾经在景阳冈上空手打死猛虎，是个急侠好义，忠肝义胆之人。

花 荣： 人称小李广，有“百步穿杨”的功夫。使一杆银枪，一张弓射遍天下无敌手，多次用神箭建立奇功，英姿飒爽，眉目如画，是梁山第一美将军。

宋江上梁山

【成长智慧】

害人的人没有好下场。古语说，害人之心不可有。为人处世，不可生害人之心。要用爱心、同情心去对人，不害人、不骗人。这样，我们的人生才能够平和，我们的内心才能够无愧。

宋江是山东郓城县的一个小吏，但是他乐于结识天下豪杰。凡是路过宋家庄的人，宋江都热情招待，陪着好吃好喝，临走还要送上一些银两，有困难的还帮助想办法。所以，宋江在洪湖上名声远扬，绰号“及时雨”。宋江自幼与郓城县东溪村人的晁盖相熟，并且意气相投。晁盖等人劫了“生辰纲”后，被官府发现，派人前来缉拿。宋江得到讯息后，私下里去给晁盖送信，使得他们脱险逃走。

晁盖等人上了梁山，为报答宋江救命之恩，派刘唐携礼物夜里来宋江住处答谢。宋江推辞不成，留下书信和两条黄金。不料，这事被私通别人的外室阎婆惜发现。本来，这个阎婆惜和父亲流落到郓城，没钱住店。父亲死又没钱发送，宋江帮了她。可她不图回报，却以此要挟宋江。宋江知道这事若说出去是死罪，于是，一怒之下杀了阎婆惜。县令让都头朱仝前去捉拿宋江。朱仝为人极重义气，和宋江又是好友，私自放了他。

郓城不宜久留，宋江就告别父亲，投奔沧州柴大官人去了。在那里，宋江与赴柴进庄避难的武松相识结为兄弟，后来又去清风寨投靠花荣。

路过清风山，正遇山大王王英从山下抢了清风寨文知寨刘高之妻，做压寨夫人。宋江好意劝说，救了那女子。

来到清风寨，宋江受到花荣的款待，却遭到了刘高之妻的陷害，被刘高抓进了大牢。花荣得知后大闹清风寨，和王英等人一起杀了刘高，救出宋江，一起奔往梁山。

宋江本不想落草为寇。在去梁山的路上，收到家中来信，说父亲病了。宋江急忙赶回家中，却原来父亲是想骗他回家。宋江刚到家就被官府抓住，并被发配江州。

在江州，宋江得到戴宗和李逵等人的关照。一日酒后，在浔阳楼上题了一首诗，被江州有个叫黄文炳的通判发现。这黄文炳是个**嫉贤妒能**，奸邪狂妄的小人，一心巴结权贵，专靠害人往上爬。看到了宋江的诗后，认为是反诗，立即报告了江州知府蔡九。蔡九以勾结盗贼企图谋反的名义把宋江抓了起来。神行太保戴宗想救宋江，没想到事情做得不周，两人都被判了死刑。

无奈之下，梁山的兄弟只能豁出去，劫了法场。行刑那天，小李广花荣一箭射掉了刽子手手中的大刀，李逵拿着两把大板斧带领梁山兄弟冲进法场，一顿砍杀后，背起宋江就跑。众人扶着戴宗，杀退官军。而后，好汉们又攻入江州，杀了黄文炳等人。此时，宋江只好与众人一起投奔梁山。

词语积累

嫉贤妒能（jí xián dù néng）

- 对品德、才能比自己强的人心怀嫉妒。出自汉·荀悦《汉纪·高祖纪三》：“项羽嫉贤妒能，有功者害之，贤者疑之。”
- 例句：因为玥玥嫉贤妒能，这次班干部选举，谁也没选她。
- 近义词：妒贤嫉能。
- 反义词：称贤荐能、任人唯贤。

知识链接

浔阳楼，位于江西九江市区九华门外的长江之滨。浔阳楼之名最早见之于唐代江州刺史韦应物的诗中。随后，白居易在《题浔阳楼》诗中又描写了它周围的景色，而真正使浔阳楼出名的是《水浒传》。小说中的宋江题反诗、李逵劫法场等故事使浔阳楼名噪天下。

小李广花荣

花荣是清风镇的武知寨，因为射得一手好箭，人称“小李广”。在宋江还在郓城做官时，花荣遇到困难，得到宋江的帮助，常想报答宋江。宋江落难后，就投奔他这里。

见宋江来，花荣十分高兴，留宋江住下，每天开怀畅饮。

不想，元宵节观灯时，刘知寨的妇人遇到宋江，诬告宋江就是把她抢上清风山去的强盗头目。刘知寨立刻差人把宋江抓了起来。

宋江辩解，又问那妇人为何恩将仇报？那妇人却说：“这种强盗，不打怎么肯招！”刘知寨就叫几个大汉把宋江打得皮开肉绽，鲜血直流。

花荣得知消息，

【成长智慧】

俗话说：“滴水之恩当涌泉相报。”知恩图报，不仅是做人的良知，也是我们为人处世的基本原则。只有知恩图报，人与人之间的关系才能更加友爱，更加和谐；只有心怀感恩，我们的生活才会更加美好。

去救宋江，刘知寨却大骂花荣："做朝廷的官，却和强盗勾结。"花荣气得火冒三丈，闯进刘知寨的客厅，救下被吊在房梁上的宋江。刘知寨又派了兵马去花荣寨子里夺人。花荣听说后，坐在正厅上，手拿弓箭，指哪射哪，那些人吓得**一哄而散**。

为防刘知寨再来抢人，宋江决定上清风山躲几天，不想却在路上被刘知寨的伏兵抓住。刘知寨连夜派人去青州府，要他们派人来捉拿花荣。

词语积累

一哄而散（yī hòng ér sàn）

形容聚在一起的人一下子吵吵嚷嚷地散开了。出自明·沈德符《万历野获编·壬戌科罢选吉士》第十卷："御笔硃书四大字，曰：'今年且罢。'于是一哄而散。"

例句：听说老师来了，聚在一起打闹的同学一哄而散。

近义词：作鸟兽散。

反义词：一哄而起、蜂屯蚁聚。

青州知府派镇三山黄信来到清风镇，黄信用计捉了花荣，和刘知寨一起把宋江和花荣一起绑上囚车押往州里。路过清风山时，被燕顺、王英和郑天寿三个好汉拦住，救上清风山。

后来，宋江、花荣又用计活捉了前来攻山的"霹雳火"秦明。秦明又说服黄信一同上山入伙。宋江、花荣带领这些人马投奔梁山泊。

走了五六天，来到对影山。见山道上两支人马列队，战鼓隆隆，喊杀声震天，两个英俊少年各持一杆方天画戟战在一起，戟来戟往，二人一直战了三十多个回合仍不分胜负。突然，两人画戟上的绒带纠缠在一起，怎么也分不开。花荣见了，暗暗张弓搭箭，"嗖"地一箭，把绒带射断，分开了两支画戟，在场的人都喝起彩来。

两少年停住手，一起过来向花荣行礼，原来两人各占一山，一个是小温侯吕方，一个是赛仁贵郭盛，二人正在此比武。宋江劝二人也弃了山寨，跟随他们上梁山。

到了梁山，吕方、郭盛等人说起花荣一支神箭射断绒带，分开画戟的事。晁盖听了不太相信，正好空中一排大雁飞过，花荣为展示自己的箭法，拿过弓箭，指着那一排大雁对晁盖说："我这

支箭要射第三只的头。”话音未落，“嗖”的一声箭已飞出。大家还没来得及抬起头看，早听见半空里一声惨叫，一只大雁已坠落在山坡上。晁盖等抬眼向空中望去，果然那排一字形的大雁队伍中，第三个位置已经空缺。晁盖派人捡来那只中箭的大雁，果然，箭头不偏不倚，正好射在大雁的脑袋上，大家惊叹：“真是神箭，神箭呀！”

知识链接

知寨是做什么的？知寨是非正式官职，是宋朝时巡检的官员。知寨分文知寨和武知寨，武知寨带兵为副职。清风寨的“寨”是指巡检司寨，不是集镇，所以“知寨”不是镇长，而是巡检。巡检司相当于县派驻乡镇关卡要地的公安机关。

武松打虎

话说这武松在家中排行老二，江湖上称“武二郎”。他身材魁梧，背阔腰圆，武艺非同一般。因在家乡打了一个恶人，离开家乡在外流浪。几年后，想回老家看望哥哥武大。

【成长智慧】

艺高人胆大。今天也是如此，各行各业都需要技艺高超的人，技艺高超的人在哪里都受欢迎。学得一身好技艺好本领是一个人的生存之本。

一日，武松来到阳谷县境内，走得又饿又渴，就来到一家酒店，见店门外挂着一面旗，上面写着："三碗不过冈"。武松不解其意，进了店里，叫店家尽管拿好酒好肉来吃。武松边吃边喝，眨眼工夫，三碗酒就进了肚，再要酒时，店家却不给了。武松问"为什么？"店家说："你没见店门口的旗上写着'三碗不过冈'吗？我这酒叫'出门倒'，喝多了过不去前面的山冈。"武松说："你别开玩笑，我喝了三碗却没醉，快快拿酒来。"武松前后共喝了十五碗，惊得店主直伸舌头。

武松喝得痛快，扔下酒钱要走。店家拦住他说："前边的景阳冈有老虎，那老虎已伤害了几十人。官府贴出告示，单身客人不可过冈。天又晚了，你又喝了那么多酒，白去送性命。"武松不信："你别来吓我，我常走这条道，也没见过有老虎。"

武松提了哨棒，大步朝景阳冈走去。走不多远，在山边的一座庙门上，看到一张官府告示，说景阳冈上有猛虎出没。武松这才相信山上确有老虎，想返回去，又怕被店家耻笑，就壮着胆子往冈上走。

这时，天已有些黑了，武松酒性又发作，浑身燥热起来。他**踉踉跄跄**走过一片乱树林，见有一块光滑的大青石，就想躺在上面睡一会儿。忽听身后刮起一阵狂风，吹得那片乱树林子簌簌作响，紧接着一声吼叫。武松回头一看，一只吊睛白额虎已窜到他的跟前。武松叫了一声，从大青石上呼地跃起，惊出一身了冷汗，酒也醒了很多。刚拿起哨棒，那虎已猛扑过来。武松一转身迅速闪到老虎背后，老虎又把腰胯一掀，回过了身躯。武松再一闪，老虎又扑了个空。老虎怒吼一

词语积累

踉踉跄跄（liàng liàng qiàng qiàng）

走路不稳，歪歪斜斜的样子。出自明·施耐庵《水浒传》第四回："踉踉跄跄上山来，似当风之鹤；摆摆摇摇回寺去，如出水之龟。"

例句：那个人好像喝多了，走路踉踉跄跄的。

近义词：摇摇晃晃、跌跌撞撞。

反义词：健步如飞、稳稳当当。

声，又用那铁棍似的虎尾横扫了过来。武松身快，又闪到了一边。

武松借老虎转身的机会，举起哨棒，使尽全身力量朝老虎打去。只听“咔嚓”一声，哨棒打在一棵枯树上，哨棒断成了两截。老虎又扑过来，武松等到那虎头窜到面前时，丢了半截哨棒。趁势用两手揪住它的头，使劲摁到地面上，又抬起脚，对准老虎的脑门、眼睛和鼻子一阵乱踢。那老虎咆哮着，拼命地挣扎，在身底下刨出一个土坑。武松骑在老虎的身上，把老虎的嘴使劲地朝土坑里按。又腾出右手，提起铜锤般的拳头，雨点一样只顾打，打了六七十拳。那老虎眼里、嘴里、鼻子里、耳朵里都流出了血，动也不动了。武松怕它不死，又捡起半截哨棒在它头上猛击一阵，看看确实没气了，才丢下哨棒站起身来。此时，武松已使尽了浑身气力，手脚全酥软了。

武松在大青石上歇了一会儿，拖着疲惫的脚步一步步下冈来。遇到了扮成老虎模样的两个猎户，武松说老虎被自己打死了。他们不信，又找来十几个猎户，一起去看，果然见那只老虎死在地上，众人顿时一齐欢呼，赶紧下山去衙门报信。武松被猎户们披红挂彩地用轿子抬到县衙。一路上，百姓夹道相迎，都来看打虎

英雄。知县赏给武松一千贯大钱，武松把钱全都分给了贫苦的猎户们。知县敬重武松的品行，决定留他在县衙里做步兵都头。武松就在阳谷县的衙门里住下，还在这里巧遇了哥哥武大。

知识链接

老虎为什么叫大虫？古人用“虫”泛指一切动物，并把虫分为五类：禽为羽虫，兽为毛虫，龟为甲虫，鱼为鳞虫，人为倮虫。“大”有为首的意思，如称兄弟中排行第一的为“大哥”；“大”又是敬辞，如称大人、大王等。虎属毛虫类，是兽中之王。所以，把虎叫“大虫”，也就是毛虫之首领，兽中之王的意思。唐朝时，皇帝李渊的祖先名叫李虎。为了避讳“虎”字，便开始称老虎为“大虫”，一直沿用到宋代。

李逵斩李鬼

宋江和众兄弟上梁山后，把父亲宋太公也接到了梁山。李逵想起了自己亲娘，禁不住大哭起来。说母亲和哥哥生活在一起，日子过得很难，也想把娘接到梁山

【成长智慧】

作恶的人没有好下场。古往今来，都是如此。做人不要做恶人，不要想着怎样去做恶事，做恶人做恶事，早晚会受到法律的制裁。

来，过几天好日子。宋江、晁盖同意他回家接老母，嘱咐他一路上不要喝酒，接了老娘后就快回来。李逵高高兴兴地下山去了。

李逵想快点到家，夜里就抄小路走。天快亮时，忽然从树丛里闪出一个大汉，对着李逵大声喝道：“留下买路钱，免得爷爷动手。”

李逵一看那人，打扮得和自己差不多，手里也拿了两把斧头，就大喝一声：“你是什么人，敢在这里抢劫！”那汉子说：“爷爷叫黑旋风，留下买路钱，便让你过去。”

李逵一听，大笑起来，喝道：“你知道我是谁，我才是江湖上的好汉‘黑旋风’李逵，你怎么能冒我名当强盗？”说完，挺起手中朴刀就刺了过去。那汉子哪里抵挡得住，腿上早中了一刀，爬不起身来，连连喊饶命！

李逵问他为什么冒用自己的名字？那汉子说：“我叫李鬼，住在前面村子里。我用爷爷的名字，在这里吓人抢劫，只要一报‘黑旋风’三个字，客人就扔下行李包裹逃走了。”李逵听了大怒，伸手夺过李鬼手里的板斧，朝那汉子砍去。李鬼慌忙大叫：“爷爷住手，你杀我一个，就是杀了两个。”

李逵收住了板斧问：“怎么回事？”李鬼说：“我家里还有个九十岁的老娘。如今爷爷杀了我，老娘只能饿死了。”李逵一听，心就软了，自己回家就是为了老母，如今却要杀一个养娘的人，不好。于是对那汉子说：“算了算了，我饶了你！”

李逵还取出十两银子给了李鬼，叫他回去找个正当的事做，好好养娘。李鬼又是磕头又是道谢地去了。

李逵继续赶路。天亮了，肚子有些饿，四下看看，见远远的山坳里有两间草屋。李逵奔过去，和女主人说自己想买点饭吃，那女主人就去灶头烧起饭来。

李逵没事，就转过屋后的山坡上，只见一个汉子**蹑手蹑脚**过来。李逵连忙躲到屋后。听到那汉子和女人讲，自己怎么打劫不成，骗了真李逵的事。那女人说："一个黑大汉来家中，要饭吃，也许正是他。快去寻些麻药来，把他麻翻了，抢了他的银子。"

李逵听得火冒三丈，猛地推开门，一把揪住李鬼，按倒在地上，结果了他的性命，又搜出自己的那十两银子，放火烧了那两间草屋，提了朴刀上路了。

词语积累

蹑手蹑脚（niè shǒu niè jiǎo）

放轻脚步走。也形容偷偷摸摸、鬼鬼祟祟的样子。出自清·曹雪芹《红楼梦》第五十四回："于是大家蹑手蹑脚，潜踪进镜壁去一看。"

例句：见妈妈在学习，小晶蹑手蹑脚地来到妈妈身边。

近义词：轻手轻脚、鬼鬼祟祟。

反义词：重手重脚、大大方方。

知识链接

朴刀是一种什么样的刀？朴刀是大刀的一种，是一种木柄上安有长而宽的钢刀的兵器。朴刀全长约60~150cm，刀刃长度在45~70cm之间，属于短兵器一类。外形上和大刀没有两样，但是和大刀相比，刀刃（即刀身部分）占的比例比较大，这是朴刀不同于大刀的最明显之处。使用时，两手握着刀柄，像使用大刀那样，利用刀刃和刀本身的重量，来劈杀敌人。

武松醉打蒋门神

【成长智慧】

中国有句古话："强中自有强中手"。做人，不论自己多么强，都要谦虚一些，更不能逞强做恶，须知还有比我们更强的人。

武松在阳谷县杀了害死自己哥哥的西门庆和潘金莲，被发配到孟州牢城充军。按规矩，新到的囚犯如果不送些银两，都要打一顿"杀威棒"。武松脾气倔，不肯花这人情钱，就被带到大堂，管营要打他一百"杀威棒"时，有个年轻人在管营的耳边低声说了几句，武松就被免了棍棒，送进牢房。而后，武松还受到了特殊照顾，换了干净的住处，每天有专人送酒送菜给他吃，武松感到奇怪。

一天，武松问来送饭的人是怎么回事？那人告诉他："这一切都是管营的儿子施恩让我们干的。"武松让那人请来施恩。施恩来后对武松很是客气。武松问："若有什么事情求我就请直说。"

施恩说："我在孟州东门外的快活林开了一家酒店，生意特兴隆。不想，从外地来了个叫蒋门神的人，这人拳脚厉害，看上了我的快活林酒店，抢了过来，改为'蒋门神酒店'。我和他去争，这人背后又有一个张团练撑腰，竟被他打得起不了床。自己实在咽不下这口气，知道你是个大英雄，想让你帮忙，把酒店要回来。担心你长途劳累，体力一时不是蒋门神的对手，所以给你送好酒好肉，让你体力恢复后再说。"

武松听了哈哈大笑："这有何难，现在就去教训蒋门神。"施恩拦住了他。

过了两天，施恩来接武松。武松说："要打蒋门神，从这里出城到快活林，每遇到一家酒店，你要让我喝三碗酒！"施恩说："这一路，少说也有十几家酒店，每家喝三碗，那么喝醉了，如何打得了蒋门神？"武松说："我是一分酒，一分本事；十分酒，十分本事。酒醉了才能更好地打他。"

于是，武松一路走一路喝。到快活林时，酒劲也渐渐上来了。在酒店门前，见一个金刚似的高大汉子坐在绿槐树下的椅子里乘凉。那大汉面貌丑陋，一身横肉。武松猜他就是蒋门神。武松绕过那人，进了酒店，故意找茬，和里边的人打了起来，把蒋门神的小妾和几个酒保一个一个都丢进了酒缸。蒋门神听到里边的动静，想去看看，正好迎面碰上武松。蒋门神伸手便要拿武松。武松用他的绝招"鸳鸯脚"，一脚踢中蒋门神的大肚子，又一脚正踢在蒋门神的额头上。蒋门神站不住，倒了下去。武松抢上一步，踏住蒋门神的胸脯，抡起一双大拳，朝他身上一阵乱打，直打得他抱头求饶。

武松收住拳头，喝道："饶你性命可以，依我三件事。第一，将快活林酒店归还施恩；第二，向施恩赔礼谢罪；第三，马上滚出孟州城！"蒋门神连忙磕头说："件件都依！件件都依！"武松从地上提起蒋门神，只见他鼻青脸肿，脖子歪，额角流血。武松说："我就是景阳冈上打虎的武松，你可认得？"蒋门神只得再次连声求饶，向赶来的施恩赔罪认错，然后**抱头鼠窜**。

词语积累

抱头鼠窜（bào tóu shǔ cuàn）

抱着头，如老鼠一样惊慌逃跑。形容受到打击后狼狈逃跑。出自：《汉书·蒯通传》："始常山王、成安君故相与为刎颈之交，及争张黡、陈释之事，常山王奉头鼠窜，以归汉王。"

例句：几个欺负同学们的小毛贼看警察来了，抱头鼠窜。

近义词：逃之夭夭、丢盔弃甲。

反义词：大摇大摆。

知识链接

充军是怎么回事？充军就是罚犯人到边远地区从事强迫性的屯田种地或充实军队，是轻于死刑、重于流刑的一种刑罚。让罪人充军，在古代秦汉时期就有。充军的地方分附近、近边、远边、极边、烟瘴等。充军的人一种是终身充军，即到死亡为止；一种是永远充军，即自身死亡后还要罚及子孙充军，永无期限。

三打祝家庄

拼命三郎石秀自幼父母双亡，流落蓟州卖柴度日。在蓟州街头因打抱不平与人称“病关索”的杨雄结拜为兄弟，住在杨雄家帮助杨雄卖肉。杨雄的妻子不是个正派人，她知道自己和别人勾搭的事被石秀发现后，反诬蔑石秀勾搭她，杨雄把石秀从家中赶走。石秀用计让杨雄看到了事情的真相。杨雄一气之下，杀了妻子。

【成长智慧】

失败乃成功之母。不论做什么事，失败是常有的，但是，从失败中汲取教训，总结经验，做好准备，有毅力坚持做下去，最后就会取得成功。

杨雄、石秀两人逃跑时遇到时迁，三人欲投梁山泊入伙。途经祝家庄，偷吃了一农家的报晓鸡，争执中厮打起来。时迁被捉，杨雄和石秀逃了出去。二人都是

词语积累

踌躇满志（chóu chú mǎn zhì）

从容自得的样子。形容对自己目前的情况或取得的成就非常得意。出自庄周《庄子·养生主》："提刀而立，为之四顾，为之踌躇满志，善刀而藏之。"

例句：明明这次数学成绩考了百分，回到家里，一副踌躇满志的样子。

近义词：心满意足、意得志满。

反义词：委靡不振、垂头丧气。

讲义气之人，杨雄找到了祝家庄邻村的扑天雕李应去救时迁，可祝家庄不放人，还伤了李应，杨雄、石秀只好上梁山搬救兵。

这祝家庄就在梁山附近的独龙岗，祝家在当地经营盘踞多年，再加上西边的李家庄，东边的扈家庄的支持。三个家族结盟，根本不把梁山放在眼里。

石秀、杨雄两人到了梁山一阵哭诉。晁盖听说他们冒梁山之名在外面偷人家鸡吃，就要把他们拉出去砍了。宋江觉得正好借机除掉祝家庄，于是把二人保下来。宋江带领大批人马，踌躇满志，攻打祝家庄，可没想到祝家庄地形复杂，到处都是盘陀路，实难进入。

宋江命石秀、杨林混入庄内探路。杨林打扮成解魔法师，混入祝家庄。因不认得祝家庄的路而被识破，杨林被擒。石秀遇到钟离老人，得知盘陀路走法。此时，在庄外的梁山人马，受到祝家庄各路伏兵的袭击，宋江等人又迷了路，损失不小。幸亏石秀及时赶到说出暗记，花荣又射掉了祝家军互相联络的暗号灯，人马才得安全退出。

宋江再打祝家庄，虽然没有取胜，但活捉了祝家庄的同盟军扈家庄的女将扈三娘，剪去了祝家一翼。同时又收了孙立、孙新兄弟等人来投靠梁山。

第三次攻打祝家庄时，梁山人马做了

充分的准备。利用新来入伙的孙立与祝家庄武术教师栾廷玉是师兄弟的关系，派孙立和家人打入祝家庄做内应。栾廷玉不知是计，相信了这个师兄弟，留下他们一起守庄。于是，梁山人马里应外合，攻破祝家庄。孙立杀了栾廷玉，梁山泊大获全胜。

宋江为媒，把扈三娘嫁给了矮角虎王英。吴用又设计拉李应到梁山入伙，梁山势力、财力大增。

知识链接

法师本是一种学位的称号，要通达佛法能为人讲说的人才能称法师。在佛教中，凡能演讲佛经的出家比丘称为法师。在道教中，精通经戒、主持斋仪，度人入道，堪为众范的道士叫法师。在西方文学中，能操纵超自然力并以此为职业的人也称为法师。

人物谱

晁　盖： 绰号托塔天王，《水浒传》中主要人物之一。为人忠厚，敢于为民伸张正义，在群众中很有威望。智取生辰纲后带领众人上梁山，成为山寨之主，是梁山一等英雄。

卢俊义： 绰号“玉麒麟”，《水浒传》中主要人物之一。相貌丰伟、双目有神，威风凛凛，仪表如神。他性情和蔼，慷慨仗义，武艺不凡，一根棍棒使得出神入化，天下无双。

燕　青： 绰号“浪子”，原是卢俊义的心腹亲随，对主人忠心不二，会吹箫唱曲，又射一手好箭，有百步穿杨之功。

史文恭： 《水浒传》里曾头市曾长者家里的教师，手持一杆方天画戟，神勇无敌、箭术超群，曾射杀晁盖，大败秦明，后为卢俊义所擒。

晁盖中箭殒命

三打祝家庄后，梁山大寨又连添了许多人马。四方豪杰，闻风而来。宋江叫神行太保戴宗去曾头市买一些好马。戴宗回来对众头领说："这曾头市有一家曾家府，有五个儿子，号为'曾家五虎'，有一个教师史文恭，一个副教师苏定。在那里聚集着五七千人马，扎下寨栅，造下五十余辆陷车。发誓与我们势不两立，还说要'扫荡梁山，铲除晁盖，生擒及时雨，活捉智多星'。"

晁盖听了大怒道："这畜生怎敢如此无礼！我须亲自走一遭。不捉得此辈，誓不回山。"宋江和众人都劝："哥哥是山寨之主，不可轻动。"晁盖不听，点起五千军马，准备攻打曾头市。大家正欲送行，一阵狂风，把晁盖新制的军旗旗杆吹折。众人尽皆失色，吴用和宋江都劝晁盖说："风吹折军旗，于军不利。再待几日出征不迟。"晁盖不信，引兵渡水而去。

来到曾头市，扎下营寨。

次日，梁山人马在曾头市口平川旷野列成阵势，擂鼓呐喊。曾头市上炮声响处，大队人马一拥而出，两军混战。曾家军马一步步退入村里。林冲、呼延灼护定晁盖，东西赶杀。林冲见路途不好，急退回来收兵。晁盖回到寨中，心中甚忧。

【成长智慧】

生活在世上，总要和人接触，总要遇到一些事情。要有宽容的胸怀，平等待人，遇事多商量、多听取其他人的意见。特别是要听取不同意见，这对我们把事情做好非常有益。

接下来一连三日，每日搦战，曾头市都无人应战。第四日，忽然来了两个和尚，说是曾头市东边法华寺里的僧人，因经常受曾家五虎欺负，他们知道曾头市里面的情况，要领梁山人马去劫寨。晁盖大喜，置酒相待。林冲劝晁盖说：“莫非有诈？”两个和尚一通表白，晁盖对林冲道：“兄弟休生疑心，误了大事。今晚我自去走一遭。”林冲要替晁盖去，晁盖却让林冲在外接应。

当晚，马摘鸾铃，军士衔枚，悄悄地跟了两个和尚进了村子。走了一会，黑影处不见了两个和尚。前军不敢行动，报与晁盖知道。正犹豫间，只听四下里**金鼓齐鸣**，喊声震天，众人遭了埋伏。晁盖众将引军夺路而走，当头乱箭射来。不期一箭，正中晁盖脸上，倒下马来。众人拼死相救，村口林冲等引军接应，才敌得住。

> **词语积累**
>
> **金鼓齐鸣**（jīn gǔ qí míng）
>
> 金钲战鼓一齐响起。形容战斗气氛紧张激烈。出自：《吕氏春秋·不二》：“有金鼓，所以一耳。”
>
> 例句：两军对阵，金鼓齐鸣，杀声震天。
>
> 近义词：刀光剑影、金鼓连天。
>
> 反义词：偃旗息鼓、鸣金收兵。

回到营中，众头领来看晁

盖，那支箭正射在面颊上。箭上有“史文恭”三个字，却是一枝药箭。晁盖中了箭毒，已无法说话。林冲等人急送晁盖回山寨，梁山人马正欲撤军时，又遇曾家人马袭击，损失严重。

此时，晁盖自知命已不长，对宋江和吴用等人嘱咐道：“若哪个捉得射死我的，便叫他做梁山泊主。”说罢，闭目而终。

劫寨是什么意思？劫寨即袭击敌人营寨，也叫劫营。古时候，两军对阵时，都要扎下营寨，因为要近距离作战，所以，相互之间的营寨相距不远，经常发生乘对方不备偷袭营寨的事情。

浪子燕青救主

一日，北京大名府来了一个客人，宋江、吴用和他聊起北京大名府都有哪些名人，客人说，玉麒麟卢俊义很有名，武艺高强，人品出众，威望很高。宋江和吴用就商量如果卢俊义能上梁山，那对梁山的

【成长智慧】

做人首先要有个好人品。有好人品作保证，做人才有底气，做事才会硬气。古语说，“其身正，不令而行；其身不正，虽令不从。”人生在世，只有把“人”字写正了，才会有服众的底气和被尊敬的资格。做人一定要堂堂正正、光明磊落。

发展会很有利。于是，用计把卢俊义骗上了梁山，但卢俊义不肯入伙，宋江只好送他下山。

> **词语积累**
>
> **归心似箭**（guī xīn sì jiàn）
>
> 形容回家心切。想回家的心像射出的箭一样快。出自明·名教中人《好逑传》第十二回："承长兄厚爱，本当领教，只奈归心似箭，今日立刻就要行了。"
>
> 例句：在外读书半年，要放假了，臣臣真是归心似箭，想快点回到家中。
>
> 近义词：归心如箭。
>
> 反义词：浪迹天涯、乐而忘返。

卢俊义归心似箭，日夜兼程往回赶。在大名府城外，一个衣裳破烂的乞丐跑到卢俊义面前，跪倒在地。卢俊义一惊，定睛看时，才看清是亲信燕青。就问燕青怎么变成这个样子？燕青告诉他："管家李固和娘子早有私情，两人去官府告发主人投靠梁山。然后霸占了家产，还把我轰出城外。主人不要回家，免得给官府抓住。"卢俊义半信半疑，飞奔回城，想把事情弄清楚。

卢俊义回到家，李固和贾氏一面稳住他，一面派人去向官府报信。卢俊义正要吃饭时，稀里糊涂地就被公差们绑了，这才后悔没听燕青的劝告。

捉住卢俊义，大名府守备梁中书立刻升堂问罪。李固早用钱贿赂了府中的官员，卢俊义遭到一顿毒打，关进死牢。

宋江得知这消息，就派柴进去营救。柴进使上了钱，梁中书把卢俊义由死罪改成发配充军。

这押送卢俊义的公差，正是当年押送林冲发配沧州的董超、薛霸。贾氏和李固用重金贿赂他们俩，要他们在路上结果卢俊义的性命。走了几天，来到一片树林。卢俊义请求休息一会，他们借口卢俊义会逃跑，把卢俊义牢牢地绑在松树上。董超让薛霸动手，他到林外看着。薛霸双手举起水火棍，对着卢俊义的脑袋劈下去时，却被一枝小箭射中。董超刚要呼救，脖子上早中了一箭，也倒地身亡。

原来，燕青一直悄悄地保护着卢俊义，见两公差要害主人，急

忙出手。燕青来到卢俊义身边，拔出尖刀，割断绳索，劈开木枷，救了卢俊义。

卢俊义对燕青说："你救了我，却杀了公差。我的罪名更重了，现在可怎么办？"燕青说："现在我们只有上梁山一条路了。"于是，背着卢俊义朝梁山走去。

不想，他们二人在一家客店休息时，卢俊义又被捉了去。燕青只得向梁山泊求救。吴用用计使梁中书不敢对卢俊义下手。梁山大军进军大名府，救了卢俊义。

知识链接

北京大名府在哪里？北京大名府并不在今天的北京，而是河北省邯郸市的大名县。宋朝仁宗时，在那里建临时的都城，称北京（北方的京都），元、明、清为路、府、道所在地，清代曾为直隶省第一省会。解放后，设大名县，属邯郸市管辖。

卢俊义活捉史文恭

梁山好汉攻克大名府后，士气高涨。一日，宋江和众头领正在议事，去北方买马的"金毛犬"段景住急急忙忙地进来，说他们买的二百多匹骏马，路上被强盗郁保四劫往曾头市去了。宋江勃然大怒："又是曾头市！晁寨主的仇还没有报，这次又来夺马。我若不捉住史文恭，杀死曾家五虎，誓不为人。"

宋江和吴用商量："上次晁天王没摸准情况，所以失败。今天

我们要智取曾头市。”于是，让时迁探明敌情。几天后，时迁回来报告说：“曾头市现在加强了防守。教师史文恭执掌总寨。寨主和其余五子，分头把守，劫去的马匹全养在法华寺内。”

宋江和吴用调集人马进攻曾头市。卢俊义因为刚上山，还没立过大功，想做先锋，吴用担心他不熟悉情况，让他率领一支队伍，去曾头市后面埋伏，随时接应。

史文恭诡计多端，在村口挖了许多陷坑，想把梁山人马引进陷坑，一举消灭。吴用将计就计，派军马从山后两路抄到寨前，反把史文恭的人马赶进了陷坑。梁山军队打了一个胜仗。

曾家长子曾涂气急败坏地出寨挑战。吕方、郭盛夹攻曾涂。关键时刻，花荣一箭射中曾涂的左臂，曾涂翻身落马。吕方、郭盛双戟并举，把曾涂刺死。

曾家五子曾升不顾史文恭的阻拦，带了两把飞刀，飞奔出寨，要为哥哥报仇。李逵光着膊子，挥舞双斧去战曾升，不料被乱箭射中了大腿，倒在地上。众将齐出，将李逵救回，曾升见梁山人多势众，不敢再战，领兵回寨。

第二天，史文恭手执银枪出阵，秦明舞起狼牙棒，去战史文恭。两人枪棒相交，大战了二十回合。秦明气力不支，右腿被史文恭刺中一枪，摔下马背，众将拼死救回了秦明。

这天夜里，史文恭带曾家人来劫寨，吴用早已料到，做了安排，梁山军马围住曾家军兵厮杀，曾索被杀，史文恭等好不容易杀出重围。

曾家接连死了两个儿子，十分胆怯，怕打不过梁山人马，弄

词语积累

气急败坏（qì jí bài huài）

上气不接下气，狼狈不堪。形容十分恼怒。出自明·施耐庵《水浒全传》第六十七回：“水军头领棹船接济军马，陆续过渡，只见一个人气急败坏跑将来。”

例句：敌军受到打击后，气急败坏地毁坏了所以船只逃跑了。

近义词：恼羞成怒、暴跳如雷。

反义词：平心静气、心平气和。

得家破人亡，寨主和史文恭决定向宋江求和。吴用告诉他们要想讲和，必须交出强盗郁保四和抢走的马匹。按约定，梁山派出了时迁、李逵等五人到曾头市做人质，曾家交出了郁保四和抢去的马匹，但有一匹好马不交。史文恭说，想要那匹马必须撤军。

【成长智慧】

诚信，是人生的基石；一个人如果没有诚信，再善良也没人赞赏；一个人如果没有诚信，再乐观也爬不出生命的低谷。所以，我们时刻要记住：人生诚信第一位。

这时，青州兵马来援救曾头市。吴用心生一计，让郁保四假装逃回曾头市，向史文恭等报告："宋江只是要那马匹，无心讲和，现在听说青州兵马到了，心里很慌。今晚乘机去偷袭梁山大营，一定能大获全胜。"郁保四又偷偷把这个消息告诉了时迁他们。

夜里，史文恭等去劫营，正中吴用之计，梁山人马里应外合，大败曾家军，曾家兄弟都被杀死，史文恭逃出村外，正遇卢俊义的人马，被卢俊义刺死于马下。梁山人马大获全胜。

知识链接

曾头市，《水浒传》中地名，位于山东腹地济州府治下的郓城县。曾头市头领曾弄，原为大金国人，年轻时来中原做些人参买卖，聚得数万贯家财。因有勇力，霸住村坊，改名为曾头市，后来，势力越做越大，地面方圆数百里，人口众多，军马过万，终为梁山所破。

梁山英雄大聚义

梁山人马大破曾头市后，回到梁山，宋江和众人商量，按着晁天王的嘱咐，谁杀了史文恭，谁就做梁山之主，现在，卢俊义杀了史文恭，应该推卢俊义做梁山之主。但梁山众兄弟一致反对。最后，吴用和宋江商量，宋江和卢俊义各带一支人马，攻打梁山附近的东平府和东昌府。谁先破了城，谁就是寨主。

吴用调拨人马，两人各率大小头领二十五员，马步军兵一万，三员水军头领带领水军接应。宋江还把吴用、公孙胜派给卢俊义。

宋江的人马攻打东平府，虽然遇到了善使双枪，勇不可当的双枪将董平，但还是很快就收降了董平，破了城。

卢俊义在攻打东昌府时遇上了麻烦。原来，东昌府有个猛将叫张清，能够飞石子打人，百发百中，人称“没羽箭”。他手下还有两员副将：一个叫“花项虎”龚旺，会投飞枪；一个叫“中箭虎”丁得孙，能使飞叉。卢俊义手下多员战将都被他们打败，有的还受了重伤。

宋江得到消息，心中暗暗为卢俊义惋惜，连忙带领人马去救援卢俊义。两军会

【成长智慧】

有人说：“友情是灯，越拨越亮；友情是河，越流越深；友情是花，越开越美；友情是酒，越陈越香。”在欢乐时，朋友们会认识我们；在患难时，我们会认识朋友。所以，不论什么时候，都要懂得珍惜友情。

合后，梁山将领又被张清的石子伤了十几员。金枪手徐宁、双鞭呼延灼、大刀关胜都被打伤，刘唐还被活捉。吴用决定智取，于是把想好的计策告诉了众将领。

第二天，张清听说梁山的运粮船停在河里，他和太守商量决定去抢梁山的粮食。不想正中了吴用之计，张清连人带马掉进水去，被三阮等水军头领捉住。

梁山人马趁机攻占了东昌府，收降了张清和龚旺、丁得孙回到了梁山泊。

第二天，众好汉聚集在忠义堂上，刚好是一百零八个人，真是英雄满堂。宋江和吴用排定了一百零八将的座位，请圣手书生萧让一一刻写在石碑上。接着宋江安排人重修忠义堂，在山顶上树起了一面“替天行道”的杏黄旗，颁布号令，明确各将的职务。梁山一百零八位好汉共同盟誓：团结一心，同生死，共患难，替天行道，保国安民！

词语积累

替天行道（tì tiān xíng dào）

代上天主持公道。出自元·康进之《李逵负荆》第一折：“你山上头领，都是替天行道的好汉。”

例句：梁山好汉打出了替天行道的大旗，除暴安良，深得民心。

近义词：为民除害、恭行天罚。

反义词：狼狈为奸、沆瀣一气。

知识链接

水泊梁山在哪里？水泊梁山位于今天的山东省西南部梁山县境内，由梁山、青龙山、凤凰山、龟山四主峰和虎头峰、雪山峰、郝山峰、小黄山等七支脉组成，占地面积3.5平方公里。北宋末年，宋江结天下英雄好汉，凭借水泊天险，替天行道，除暴安良，声震天下。

招安出征英雄散

词语积累

飞扬跋扈（fēi yáng bá hù）

意态狂妄，不受约束。形容骄横放肆，目中无人。出自《北史·齐高祖纪》，"景专制河南十四年矣，常有飞扬跋扈志。"

例句：几个经常在街头飞扬跋扈的小流氓，这下都销声匿迹了。

近义词：盛气凌人、目空一切。

反义词：平易近人、和蔼可亲。

梁山泊的壮大，震惊了朝野上下。宋徽宗皇帝几次派大军征讨，都被梁山大军打败。有个殿前太尉陈善保奉皇帝的旨意前往梁山招安，高俅和太师蔡京各派心腹跟随陈善前往梁山去捣乱，高俅和蔡京的人到梁山后飞扬跋扈，不把梁山的人看在眼里，李逵接过招安诏书，一把撕得粉碎，招安失败。

高俅又派童贯攻打梁山泊。山寨十面埋伏，挫败了童贯的两次进攻，童贯被打得大败逃回东京。高俅又调遣十节度的兵力，亲自带兵来攻梁山泊。宋江三败高俅，并将他活捉上山，以礼相待，怕死的高俅吓得一个劲地求饶，林冲定要结果他的狗命，宋江为梁山招安的大计着想，阻止了林冲，放高俅回到京师，并请高俅回去后在皇帝那里为梁山说点好话，转达梁山渴望朝廷招安之意。高俅回到朝廷后，对自己战败被抓及招安的事只字不提，而且还对自己被捉一事怀恨在心。

后来，宋江又派燕青去东京，燕青通过一个和宋徽宗相好的名伎李师师的帮助，求得宋徽宗下诏，没过几天，殿前太尉宿元景上山来宣读诏书，宋江领着众好汉接受招安，打着"顺天"、"护国"旗帜，到东京接受宋徽宗检阅。

梁山泊义军接受招安后，正遇辽兵侵犯，宋江受命带领义军去破辽。大军北进，攻下檀州，夺回蓟州，智取霸州，占领幽州，兵围燕京，辽主请罪议和。宋江班师回朝后，徽宗又下诏，令宋江去平定河北义军田虎，随后又调梁山大军去平定淮西义军王庆和江南义军方腊。在平定方腊军的过程中，梁山人马损失惨重，虽然最后擒获了方腊，大功告成，但却阵亡五十九条好汉，病亡十条好汉。

【成长智慧】

每个人都想做好人！可是，随着生活环境、社会风气以及周围人的影响，父母教育方式的不当，加上学习效仿心的驱使，一些人的命运发生了改变，进而改变了自己的个性和做人的原则！由此可见，把握自己，做一个好人很不容易，但正因为不容易，我们才更应该做一个好人。

回军途中，鲁智深在杭州六和寺坐化，而被方腊打残废的武松不愿回京，则在杭州出家了。离开杭州后，林冲、杨雄、时迁、杨志、穆弘相继病死，燕青也悄然离开队伍。到了苏州，李俊、童威、童猛又借故离去。等到大军回到京师驻扎陈桥驿时，只剩下27名头领。蔡京、高俅等人又以封官为由，拆散了梁山兄弟。待宋江等到任后，他们设计用水银毒杀了卢俊义，用毒酒毒死了宋江和李逵。之后，吴用与花荣自缢于宋江坟前。最后宋江等人均葬于蓼儿洼。

就这样，一场轰轰烈烈的农民起义在悲剧中结束了！

知识链接

宋朝的太尉和太师都是做什么的？宋朝时，太尉是辅佐皇帝的最高武官，相当于今天的三军总司令，为三公之一，正二品官员。太师是个名誉职位，没有实权，但必须是地位很高或威望很高的人才能被授予太师的名誉。